DJANIS, L'ORIGINE

André Hampartzoumian

Chantal Ghiglieri

Édition : BoD · Books on Demand, 31 avenue Saint-Rémy,
57600 Forbach, bod@bod.fr
Impression : Libri Plureos GmbH, Friedensallee 273,
22763 Hamburg (Allemagne)
ISBN : 978-2-3225-7096-6
Dépôt légal : Avril 2025

I

2 septembre, 9 h 45, région de Montpellier. Djanis ferma derrière elle la porte de la petite maison sans prendre la peine de la verrouiller, et emprunta d'un pas tranquille le sentier arboré qui conduisait aux studios en serpentant à travers le parc. À cette heure matinale, ça embaumait le thym et le chèvrefeuille. En quelques minutes, elle arriva au parking, qu'elle traversa, et pénétra dans le bâtiment qui abritait l'énorme scène sur laquelle se déroulerait le concert dans maintenant moins de quinze jours.

La prod avait eu du mal à trouver l'endroit idéal pour préparer le spectacle et faire la captation 3D ; il fallait un endroit discret, isolé, afin qu'il reste – et c'était indispensable – secret et inconnu de tous. Il fallait aussi qu'il soit suffisamment proche d'une grande ville pour faciliter les transports, le ravitaillement et tous les autres achats nécessaires à une équipe de près de soixante personnes, et ce, sans risquer d'attirer l'attention de qui que ce soit.

Idéal, l'endroit l'était. C'était une sacrée chance d'avoir trouvé cette ancienne propriété viticole entourée de ses 90 hectares de bois et de vignes rendant l'activité du lieu totalement invisible aux yeux du monde.

Le bâtiment principal, une maison du XIXe siècle de plus de six cents mètres carrés habitables, était entourée de toutes sortes de dépendances : deux immenses garages, une ancienne écurie, une bergerie, des petites maisons, et les anciens bâtiments d'exploitation, le tout représentant plus de deux mille mètres carrés utilisables.

Comme les anciens châteaux forts, mais plus modestement perchée, sa position à trois cents mètres d'altitude offrait une vue panoramique imprenable.
Cerise sur le gâteau, la propriété était alimentée en eau provenant d'un forage plus respectueux de l'écosystème, ce qui plaisait beaucoup à Djanis.

La transaction s'était effectuée dans le plus grand secret, ce secret sur lequel la prod insistait chaque jour afin de maintenir le buzz à son niveau maximum, aussi bien sur les réseaux sociaux que dans les médias.
Entièrement transformés, totalement insonorisés et climatisés, les anciens bâtiments d'exploitation viticole abritaient l'espace scénique, tous les aménagements techniques, plusieurs studios d'enregistrement, deux studios

son, trois studios vidéo, et bien sûr la fameuse zone 3D, dont la majorité du personnel ne savait à peu près rien et sûrement pas comment ça fonctionnait.

Il y avait aussi les deux garde-robes – celle des musiciens, des danseurs et des choristes, et la sienne – réunies dans une seule pièce presque aussi grande que l'espace scénique, les loges et toutes sortes d'autres commodités comme la salle de restaurant, le bar, le salon VIP et les salles de repos, destinés au personnel, aux techniciens, aux artistes et à elle-même. Le tout sous un plafond perché à près de dix mètres de hauteur.

À l'entrée de Djanis, la scène était occupée par ses musicos en pleine répétition, entourés de techniciens qui s'affairaient ici et là.

De sa démarche allongée, elle traversa en diagonale l'espace situé devant la scène, non surélevée, matérialisée seulement par des marques de couleur au sol, espace qui, pour l'instant, était complètement dégagé.

Plus tard, cet espace verrait arriver les appareils destinés à la captation en 3D du concert, ceux grâce auxquels on pourrait la voir, ainsi que ses musiciens et ses danseurs, sous tous les angles, exactement comme s'ils étaient réellement présents simultanément dans les trente salles de France réservées, pour un concert unique qui aurait lieu le 17 septembre prochain.

Se gardant de les déranger, elle leur fit en passant un petit signe amical de la main, qu'ils lui rendirent sans interrompre leur travail.

À la droite de la scène, elle enfila un couloir qui lui fit traverser la garde-robe avant d'arriver à sa loge. Rien de très luxueux, mais c'était fonctionnel et c'est ce qui importait.

Ce matin, son programme ne commençait qu'à 10 heures mais s'annonçait chargé.

– Salut Betty !

– Bonjour Djanis chérie, répondit une voix de derrière un portant surchargé de tenues de scène.

Betty, son habilleuse et maquilleuse qui la suivait depuis ses débuts, passa la tête entre les habits pour lui offrir son doux sourire et sa bouille ronde sous le casque de ses bouclettes brunes.

Djanis laissa tomber son corps longiligne dans son fauteuil et Betty lui fixa vivement au cou un large peignoir qui l'enveloppa jusqu'au bout des doigts et des orteils pour protéger ses vêtements.

– Comment ça va ce matin, ma chérie ?

– Très bien, ma Betty. On a quoi, ce matin, au programme ?

– On doit retravailler le maquillage de l'entrée en scène et de l'Envol. Ensuite, tu as cinq tenues à essayer et, si elles sont OK, tu pourras faire un chrono pour le changement de costume.

— Cool, ma Betty, on démarre quand tu veux, je me sens prête à battre mes records, mais n'oublie pas que toi aussi, tu as un chrono à roder pour les changements de maquillage.

— Ne t'en fais pas pour moi, ma poupée, en plus, tu dois être à nouveau en tenue de ville et maquillage qui va bien pour 11 heures tapantes : tu as cinq journalistes qui t'attendent en visio au salon VIP !

— C'est quel genre ?

— Je crois qu'il y a un mag de pop music, un magazine féminin, ah oui, un journaliste d'un site qui donne des conseils diététiques aux femmes et je ne sais plus pour les autres.

— OK, soupira Djanis en s'enfonçant davantage dans son fauteuil.

Betty se mit au travail en silence, désormais concentrée sur sa tâche.

D'origine belge, les parents de Betty étaient venus s'installer à Nîmes, à une cinquantaine de kilomètres de Montpellier, alors qu'elle avait à peine douze ans, parce qu'elle était asthmatique et que l'air très sec de la ville aux sept collines était réputé pour ses effets bénéfiques sur les poumons.

Elle n'était jamais repartie et la demoiselle Betty Brugelmans, toujours célibataire à quarante-huit ans, suivait partout son idole et la couvait comme une poule son poussin.

Il était presque midi. Djanis, s'étira longuement, contente d'en avoir fini avec la corvée des interviews pour la journée.

Depuis déjà une bonne semaine, elles tournaient toutes autour du même sujet : la technique révolutionnaire et secrète qui allait permettre de diffuser le concert simultanément dans trente salles différentes, toutes d'une capacité de six à huit mille personnes, le 17 septembre à 20 h 30, heure de Paris. Ça devenait un peu lassant.

La technologie de l'hologramme à la base du concert était bien sûr connue et utilisée depuis une bonne cinquantaine d'années et elle avait même déjà été employée pour des concerts, notamment en 2012, en hommage au rappeur Tupac Shakur, assassiné le 13 septembre 1993 à Las Vegas. Et, depuis 2022, avec les concerts holographiques du mythique groupe ABBA après quarante ans de pause !

Un peu avant, en 2008, Céline Dion avait utilisé un procédé voisin, la rotoscopie, pour un duo bluffant avec le King Elvis, à quarante ans de distance.

Un léger sourire pétillant au coin des yeux, Djanis savait entretenir le mystère sans rien révéler, ne disant ni oui ni non à propos de l'utilisation de ce procédé ou d'un autre. Elle laissait les questions affluer, les journalistes s'embourber dans leurs hypothèses, qu'elle ne démentait pas, ne contrait pas, ne confirmait pas.

Elle les laissait à leurs questions sur un « vous verrez bien » désinvolte qui les renvoyait dans leurs cordes. Une seule fois, pour le magazine *Rock Mag*, elle avait ajouté :

– Quand vous verrez le concert, vous saurez, sans le moindre doute, qu'il s'agit d'une technologie au-delà de tout ce que vous pouvez imaginer. Comment ? Vous verrez, je ne peux pas vous en dire plus !

Elle avait mis fin avec gentillesse mais fermeté à la dernière interview pour rejoindre la réunion de prod, dans la petite maison dite d'été, située au bord de la grande piscine.

Quand elle entra dans la pièce, en s'excusant pour son retard, tous les regards se tournèrent vers elle, la plupart souriants, et d'autres visiblement concentrés et un peu vagues. Il y avait là Gilbert, le régisseur général du spectacle, et Alain Manguinian, son producteur. Il y avait aussi le producteur délégué, qui assurait la liaison avec les investisseurs, un homme qu'elle n'avait rencontré qu'une fois, ainsi que sa collaboratrice directe, la productrice exécutive, « l'exec prod » comme on l'appelait, une Bretonne prénommée Rozenn, et enfin Mario, le costumier en chef ayant sous ses ordres une demi-douzaine de couturières.

Sans vraie nécessité, Valère, son agent, avait tenu comme toujours à assister à la réunion, simplement pour se maintenir au courant, puisqu'à ce stade, il n'avait pas grand-chose à faire. Il y avait enfin Élisabeth, la mère de Djanis, qui chapeautait et supervisait avec un soin jaloux tout ce qui touchait à sa fille, depuis son entraînement sportif et vocal, à sa nourriture, ses loisirs, et jusqu'à sa sécurité.

Elle supervisait aussi tout le travail de Valère concernant la promotion de la carrière de Djanis. Du coup, se sentant un peu relégué au second plan, il cherchait souvent à afficher, aux yeux de tous, son intimité avec la star. C'est pourquoi il se précipita à sa rencontre pour l'embrasser et l'inviter à prendre place à la table de réunion.

L'heure suivante fut consacrée à travailler sur les détails techniques des installations dans les villes du concert, sous la conduite de Rozenn, d'une efficacité toujours aussi redoutable. Le rétroplanning avant la captation 3D et la projection simultanée du concert sur toutes les scènes souleva aussi de nombreuses questions qui étaient encore loin d'être toutes résolues.

Chacun savait ce qu'il avait à faire et travaillait avec efficacité, mais les fans s'arrachaient déjà les places dans toutes les salles réservées. Si bien que même s'il restait du temps avant la date fatidique, la tension montait de jour en jour de manière palpable. Enfin, on passa en revue chacun des tableaux du spectacle et leurs problèmes spécifiques.

Pour le moment, la date du filage avec test de la captation 3D ne pouvait pas encore être définitivement arrêtée. Elle était seulement préprogrammée au 13 septembre, histoire de se laisser une marge de manœuvre pour résoudre les problèmes de dernière minute.

Après un rapide repas pris avec la même équipe, Djanis travailla tout l'après-midi à répéter certains passages avec les musiciens et les danseurs, la chorégraphie de l'ouverture du concert et plusieurs points de la mise en scène. À 19 heures, en sueur, elle rentra se doucher dans sa loge, où Betty la prépara pour le dîner VIP, au cours duquel son magnétisme naturel et la finesse de son intelligence seraient un formidable atout pour rassurer les sponsors et en convaincre d'autres d'investir dans le projet. Elle était consciente de l'énormité du budget nécessaire et se prêtait volontiers au jeu, même si elle aurait préféré se détendre au bord de la piscine logée au milieu des cèdres comme dans un écrin de fraîcheur.

II

17 septembre, 6 heures du matin. La zone principale, celle comportant la scène et l'espace de captation 3D, était une impressionnante salle de plus de quatre cents mètres carrés. La scène proprement dite, de plain-pied, mesurait quatorze mètres de long sur huit de profondeur. Sa taille avait été soigneusement calculée pour que le concert puisse être diffusé sans distorsion ni déperdition sur l'ensemble des trente scènes que comptait l'évènement. Munie d'un fond vert, d'un pont de lumières et équipée de tous les amplis, retours et autres engins nécessaires au concert, elle était délimitée au sol par un simple marquage et surmontée d'un véritable entrelacs de passerelles techniques sur lesquelles était fixée la machinerie des effets spéciaux voltige.

Sur le côté gauche et au-dessus, les tissus holographiques étaient positionnés verticalement ou inclinés à 45 degrés par rapport à la scène.

Dans l'espace restant étaient disposés les éléments de la captation 3D, le laser, les miroirs, les élargisseurs. Il était strictement interdit de marcher dans cette zone au risque de s'attirer les foudres de l'ingénieur en chef 3D.

Au fond, sur le mur opposé à la scène, étaient alignés trente écrans en un rectangle formé de six écrans disposés côte à côte, sur cinq rangées, formant un ensemble de douze mètres de long sur près de huit mètres de haut. Depuis la scène, Djanis pourrait voir et entendre son public en direct et même simuler une interaction avec lui en temps réel.

Plusieurs essais avaient déjà été réalisés avec des petits bouts de spectacle afin de s'assurer du bon fonctionnement du système et pourvoir aux centaines de réglages à faire pour obtenir un rendu parfait donnant l'illusion complète de la réalité tangible du concert.

Les techniciens travaillèrent toute la journée pour remettre en place le matériel de captation holographique, une solution Pepper's Ghost, et procéder aux derniers réglages. Musiciens, choristes et danseurs avaient multiplié les filages partiels pour répondre à leurs demandes.

Djanis, elle, avait passé la matinée en exercices physiques, puis s'était relaxée au bord de la piscine avant d'entamer une longue séance de vocalises et autres exercices vocaux avec Jordi, le coach qui la faisait travailler en alternance avec sa mère sur la préparation de ce concert. Djanis s'entendait très bien avec lui et, même s'il la faisait travailler dur, c'était dans une ambiance très détendue, ils riaient beaucoup, ce qui la changeait agréablement de sa mère, un peu trop stressée et directive à son goût.

À présent, dans sa loge, elle se relaxait en position du lotus, les yeux clos, un casque sur les oreilles diffusant des sons de bols tibétains.

À 19 h 30, Betty entra et lui toucha doucement l'épaule.

– Il est temps, ma chérie.

Djanis ouvrit les yeux, lui sourit. Sans un mot, elle se leva et étira comme un chat sa taille surprenante pour une femme. Un mètre quatre-vingts n'était pas très courant, même dans le monde du mannequinat, où elle aurait facilement pu faire carrière avec sa plastique quasi irréprochable. Elle se laissa docilement maquiller et habiller pour l'entrée en scène. Betty peigna soigneusement ses courts cheveux, normalement brun cuivré, mais présentement colorés en bleu électrique, son dernier look. Puis, sans un mot, avec calme, elle sortit de sa loge et se dirigea, à travers les couloirs et les salles techniques, vers l'arrière de la scène.

Seuls ses iris d'ordinaire bleu glace avaient viré au gris foncé, trahissant son état intérieur pour qui la connaissait bien. Au passage, techniciens, costumiers, tout le monde la saluait et lui envoyait des baisers et des signes d'encouragement.

Arrivée sur l'arrière de la scène, un monte-charge la hissa jusqu'à la passerelle, d'où elle prit place sur l'énorme sphère aux volutes bleus représentant la Terre, sur laquelle elle se tiendrait debout pendant la descente.

Elle respira à fond plusieurs fois et secoua ses membres comme une athlète au seuil d'une compétition.

III

17 septembre, 6 heures du matin.

Les trente villes dans lesquelles se déroulerait simultanément le concert avaient été choisies avec soin. Essentiellement pour la capacité d'une de leurs salles, mais aussi pour leur accessibilité et leurs équipements techniques. Tous les billets avaient été vendus depuis déjà un bon moment, on jouerait partout à guichets fermés.

Déjà les équipes logistiques – chacune composée d'une douzaine de techniciens – étaient en place pour préparer les scènes. En l'absence des artistes, qui ne seraient pas présents physiquement, elles étaient carrément réduites : pas besoin d'ingénieur son retours, ni de régisseur de plateau, pas non plus de backliners, puisqu'il n'y aurait aucun instrument à accorder ou à échanger.

Il restait néanmoins beaucoup de choses à faire sur place : installer le système de réception 3D, assurer la sonorisation façade sur l'ensemble du public, et la retransmission du concert en temps réel sur les écrans géants répartis tout au long des aires réservées aux spectateurs.

C'étaient des équipes rodées, chacune travaillant sous la direction d'un régisseur de spectacle. Les techniciens son, lumière et vidéo avaient reçu l'encodage complet du spectacle. Tout était prévu et réglé dans les plus petits détails.

17 septembre, 17 heures.

Le public avait commencé à s'amasser depuis midi devant les grilles fermées. Les portes ne seraient pas ouvertes avant encore un bon moment. Si tout le monde attendait dans le calme, l'ambiance était très gaie mais pleine d'électricité.

Pour faire patienter, des vendeurs déambulaient entre les gens avec de petits chariots à bras réfrigérés pour offrir des sandwiches, des boissons fraîches et chaudes, et de l'eau. On vendait aussi des coussins, des thermos, des casquettes.

Plus l'heure tournait et plus le public s'excitait, des chansons de Djanis éclataient ici et là, reprises avec enthousiasme par la foule.

À 18 heures précises, au Zénith de Montpellier, de Pau, de Limoges ou de Saint-Étienne et dans tous les autres lieux du concert, les portes s'ouvrirent et le public commença lentement à se déverser à l'intérieur, après vérification des billets et du contenu des sacs. Ça allait prendre un certain temps pour faire entrer et placer les six à huit mille spectateurs selon les lieux.

Les salles de plus grande capacité, comme le Zénith de Toulouse, la Halle Tony Garnier de Lyon, le Palais des sports de Grenoble, avaient dû ouvrir une heure plus tôt pour éviter la bousculade et permettre au public de s'installer dans de bonnes conditions de calme.

À 20 h 15, les portes des trente salles se refermèrent, tout le public ayant gagné sa place, assise ou debout.

À 20 h 27, toutes les lumières s'éteignirent et tout le monde observa le « silence plateau » sur la scène réelle.

Au contraire, dans les trente salles, le public se mit à crier et à scander « DJA-NIS, DJA-NIS » !

Sur le front des trente scènes également plongées au même instant dans l'obscurité la plus complète, invisible et silencieux, une sorte de rideau ultrafin se mit en place, formant comme une vitre mouvante parfaitement transparente.

À 20 h 28, d'énormes spots de lumière blanche, tournés face au public, s'allumèrent tous simultanément dans les trente salles dans un claquement électrique.

Au centre de la scène, comme suspendues dans les airs, se formèrent des lettres brillantes :

$$L\,'E\,N\,V\,O\,L$$

Tandis qu'apparaissait le titre du concert, des milliers de gorges hurlaient de joie et de l'excitation portée à son comble par l'attente.

En dessous, à 20 h 29 apparut un compte à rebours de soixante secondes, chaque seconde marquée par un puissant coup de caisse claire. Les spectateurs étaient déchaînés, hurlant le compte à rebours, trépignant, debout, agitant les milliers de lampes de leurs téléphones mobiles.

Et soudain, le compte à rebours afficha :

00 h 00

Une clameur s'éleva de toutes les poitrines quand on vit descendre de nulle part une énorme planète bleue qui se stabilisa à environ un mètre cinquante du sol. À la surface, la tête levée, se tenait assis en tailleur un petit garçon qui regardait tranquillement Djanis debout près de lui, enveloppée d'une longue cape noire dont l'ample capuche masquait son visage.

Le Petit Prince, symbole devenu universel de bonheur simple, de paix et d'amour, donnait le ton du spectacle.

Il lui tendit une rose qu'elle prit délicatement, puis elle donna un baiser au petit garçon avant de se retourner pour se jeter dans le vide sans la moindre hésitation, le corps tendu en un impeccable saut de l'ange !

En fait de vide, il s'agissait d'un simulateur d'apesanteur et le corps de Djanis fut immédiatement soutenu par la puissante soufflerie parfaitement dosée qui lui fit entamer une lente descente tout en la maintenant en suspens dans l'air.

Elle atterrit en douceur. La colonne d'apesanteur, transparente et quasiment invisible, fut remontée et disparut. Tournant le dos aux publics des trente salles, elle arracha vivement sa cape, emprisonna dans un casque sa courte chevelure au bleu changeant, et, se retournant, apparut vêtue d'une fine combinaison qui semblait taillée dans un métal brillant et souple qui la faisait ressembler à une astronaute du futur.

Il était impossible de croire qu'elle n'était pas là en chair et en os, tant l'illusion était parfaite. Quand le public cessa enfin de hurler son ébahissement et sa joie, elle commença à chanter.

Durant plus d'une heure, sa voix si singulière s'éleva, pure ou rauque, profonde, éraillée ou vibrante, passant d'une basse improbable à une tessiture de soprano colorature au timbre aérien et cristallin en balayant pratiquement cinq octaves, ce qu'aucune chanteuse ni aucun chanteur n'avait jamais réalisé avant elle.

Sur les écrans relais disséminés tout le long des rangs du public, on pouvait voir sur les gros plans son visage si fin se transformer subtilement en fonction de la tessiture, prenant des aspects masculins dans les graves alors que dans les notes aiguës, l'ovale de son visage semblait se redessiner et s'épurer. Même le grain de sa peau semblait plus fin et rosé.

Durant les trois premiers titres, Djanis, entourée de danseurs aux torses nus sous leurs vestes noires, offrit à ses fans des chorégraphies street jazz déjantées. Sur la dernière note de la troisième chanson, ses danseurs l'entourèrent en un bouquet humain aux bras tendus, doigts écartés, la dissimulant aux yeux du public, qui explosa en applaudissements et hurlements.

Sur une puissante détonation, bras levés, corps cambrés, les danseurs se rejetèrent dans toutes les directions loin de Djanis, qui réapparut vêtue cette fois d'une somptueuse robe longue d'un bleu électrique assorti à sa chevelure, moulant son buste avant de s'évaser en plis fluides autour de ses jambes interminables.

Le fond de scène changea tandis qu'au sol, plateaux et escaliers s'escamotaient pour faire place à un lit de fumées colorées dont Djanis semblait émerger comme la fée Viviane sortant de son lac enchanté.

Sous une nouvelle salve d'acclamations, elle entama son dernier succès, d'une voix si claire qu'elle mit les larmes aux yeux de centaines de spectateurs.

Le spectacle époustouflant se poursuivit, Djanis faisant une fois de plus la démonstration de son charisme et de ses talents de chanteuse et de danseuse. Pour la première fois, elle avait ajouté le transformisme, changeant de costume en quelques secondes sans jamais interrompre le show.

Pour mettre au point ces transformations acrobatiques, elle avait longuement travaillé avec le très célèbre Archie Barzetti, à l'énergie pétillante et enfantine, mais qui, dans le travail, était un mentor ultraexigeant ne se contentant que de la perfection. Elle l'adorait.

Pour son final, Djanis réservait encore une surprise à son public. Elle se déplaça sur le côté droit de la scène jusqu'à une plaque presque invisible au sol. Dès qu'elle se positionna dessus, il en sortit un puissant jet vertical d'air et de fumée, violemment éclairé par une lumière orangée, de sorte qu'il sembla que Djanis prenait feu, ses courts cheveux dressés comme des flammèches vibrant dans le souffle d'air. Pour accentuer l'effet de torche, elle leva les bras au-dessus de sa tête et sembla se fondre dans la lumière vive.

D'une trappe située juste à l'arrière de la plaque, invisibles aux yeux des spectateurs, jaillirent les bustes de deux hommes entièrement vêtus de noir, leur visage dissimulé derrière une cagoule, noire également.

Djanis arracha d'un seul geste la combinaison orangée qu'elle portait et la jeta derrière elle dans la trappe sans regarder. Les techniciens fixèrent des surbottes à ses jambes et verrouillèrent de grandes ailes blanches dans les solides tubulures fixées à l'arrière du justaucorps. Ils les maintinrent à la verticale et Djanis, bras toujours levés, attrapa dans ses mains l'extrémité des ailes. Enfin, ils fixèrent un harnais à sa taille.

On vit alors deux immenses ailes blanches émerger de part et d'autre de la torche de lumière qui dissimulait toujours le corps de Djanis. Les foules poussèrent presque à l'unisson un soupir d'extase.

D'un seul coup, après ce qui n'avait duré qu'une poignée de secondes, soufflerie et projecteurs s'arrêtèrent net et Djanis réapparut intégralement changée. Disparue, la combinaison orange. Elle était désormais vêtue de cuissardes blanches et d'un justaucorps époustouflant d'un blanc nacré, muni à hauteur des omoplates de deux fantastiques ailes opalines.

Une immense clameur s'éleva des trente foules amassées devant les trente scènes.

Levant gracieusement son bras gauche, Djanis se stabilisa en attrapant le câble qui partait de sa taille, et s'envola en direction du milieu de scène sous les hurlements hystériques. Parvenue au centre mais à une hauteur de trois ou quatre mètres, elle disparut soudain en une longue gerbe d'étincelles qui furent aspirées vers le haut !

Pendant un court instant, la stupeur rendit muets les milliers de spectateurs, qui se déchaînèrent ensuite, saluant ce final extraordinaire.

IV

Voilà, c'était fini.

Il y eut sur la seule véritable scène un temps de silence et d'obscurité, puis les lumières crues des projecteurs se rallumèrent, mais cette fois-ci sans plus aucun lien avec les trente salles, qui se vidaient lentement de leurs spectateurs.

Djanis, les musiciens, les choristes, les danseurs, mais aussi les techniciens, les régisseurs, le producteur et pêle-mêle toute la troupe se regroupèrent au centre de la vraie scène.

On riait, soulagé, après l'extrême tension des derniers jours et du concert. Les musicos échangeaient entre eux des commentaires sur les « pains », les erreurs, que personne à part eux n'avaient entendus. Les danseurs et les danseuses s'embrassaient et mêlaient sans gêne leurs sueurs acides.

Djanis remercia et félicita chacun et chacune. Tous voulaient la toucher, lui dire un mot de félicitation et elle s'y prêta volontiers, ayant besoin comme eux d'évacuer le trop-plein de tension et de fatigue nerveuse.

Élisabeth entoura sa fille de ses bras et l'embrassa longuement.

– Tu as été tout simplement sublime, ma chérie, lui dit-elle, les larmes aux yeux.

Puis elles se séparèrent, Élisabeth se dirigeant vers les bureaux avec toute l'équipe de prod pour un premier débriefing à chaud.

La journée de Djanis n'était pas finie non plus. Elle jeta un léger manteau noir sur ses épaules. Son chauffeur était là pour la conduire sans attendre à son rendez-vous.

Il serait son seul accompagnant puisque l'équipe de prod était au débriefing. Ils prirent la route pour Marseille, où elle devait rencontrer un journaliste dans le prestigieux hôtel Intercontinental.

Rozenn, l'exec prod, avait proposé ce lieu afin de laisser croire que c'est dans cette ville que le concert réel s'était tenu en secret, brouillant les pistes pour les journalistes à l'affût.

Ils montèrent discrètement dans la suite Prestige, réservée sous un nom fantaisiste. Un peu à contrecœur, Djanis avait accepté, lors d'une conférence de presse à Paris, quelques jours avant le concert, de donner une interview exclusive et plus personnelle à l'un des journalistes, qui avait eu le cran de l'aborder à part, au moment où elle s'éclipsait. Elle ne savait pas vraiment pourquoi elle avait cédé.

Peut-être à cause de son regard brun, à la fois viril et franc, qui ne montrait que de la gentillesse, ou de son air « gentil garçon », ou peut-être à cause de sa taille carrément au-dessus de la moyenne ; ce n'était pas si souvent que Djanis rencontrait un homme plus grand qu'elle...

Mais c'était aussi une décision calculée, la prod ayant décidé de laisser filer quelques infos plus intimes sur la star, tout en lui laissant la liberté de choisir quand et à qui elle ferait ses confidences. Voilà, ce serait celui-là.

Elle était arrivée depuis à peine dix minutes quand le journaliste se présenta à l'accueil de l'hôtel et fut conduit jusqu'à sa suite.

– Tout d'abord, je me présente, mon nom est Olivier Perron, et comme je vous l'ai dit, je travaille pour le *Rolling*

Stone magazine. Je tiens à vous remercier d'avoir accepté de répondre à mes questions…, commença-t-il d'une voix posée et presque caressante.

– Bonsoir Olivier.

– Je sais que vous ne le faites que très rarement…

– C'est vrai. En dehors de la scène, j'ai besoin de me centrer et la préservation de ma vie privée est d'une grande importance pour moi.

– Je comprends. Alors, qu'est-ce que vous voulez bien me dire de vous ? Djanis éclata de rire.

– Ah c'est très malin de retourner la situation, quoi que je dise, je ne pourrai pas vous reprocher de m'avoir tiré les vers du nez ! Eh bien, je suis née à Montpellier, dans le Sud. J'ai une vie très simple et bien réglée, assez recluse, presque une vie d'ermite, avec ma famille et un tout petit cercle d'amis proches. En fait, ma pratique du chant pourrait s'apparenter, j'imagine, à celle des sportifs de haut niveau : beaucoup de discipline, beaucoup d'entraînement, beaucoup de repos, une alimentation équilibrée, etc.

– Votre famille ? Vous avez un compagnon ? Oh, excusez-moi, une compagne peut-être ? Des enfants ?

– Non, en fait ma famille se résume à ma mère.

– Voulez-vous me parler de votre voix, qui est tout à fait exceptionnelle ? Est-ce que c'est seulement le travail qui vous a donné une telle étendue vocale ?

– Eh bien oui et non. J'ai la chance d'être née avec des cordes vocales extrêmement élastiques et, dès mon plus jeune âge, ma mère a compris que j'avais des dispositions assez particulières pour le chant. Sans jamais rien m'imposer, ce dont je ne la remercierai jamais assez, elle m'a incitée à tester mes possibilités et je me suis très vite prise au jeu. Elle a été pour moi une prof de chant et une coach incroyable et elle m'a permis de révéler tout mon potentiel. Par la suite, j'ai eu l'opportunité de rencontrer Alain Manguinian, mon producteur, qui depuis lors gère ma carrière et qui est pour moi comme un second père.

– Quelle est aujourd'hui votre étendue vocale ? On dit « tessiture », n'est-ce pas ?

– Oui, c'est ça. Je couvre cinq octaves, en fait, la totalité de l'étendue du répertoire vocal humain, depuis le registre basse jusqu'à soprano colorature. Mais sur scène, je n'utilise pas tout, uniquement ma zone de confort, soit seulement quatre octaves et demie, ajouta-t-elle en souriant malicieusement.

– Même si vous restez très discrète sur ce point, on entend dire que vous consacrez une part importante de votre fortune à des œuvres caritatives.

– Oui, c'est exact. Je suis une grande admiratrice de l'engagement de Janis Joplin contre les injustices et le racisme notamment, et totalement en accord avec le mouvement prônant l'amour et la paix, qu'on a un peu trop vite résumé au *flower power* hippie. Par mes chansons, je cherche à transmettre un message de paix à ce monde qui se cherche encore. Alors bien sûr, aider à l'ouverture d'écoles, de maternités et d'hôpitaux, dans le monde, il me semble que c'est naturel quand on dispose comme moi des moyens pour le faire.

Djanis commençait à se détendre. Le jeune homme était franchement sympathique et plutôt agréable à regarder. D'ailleurs, sa bouche aux lèvres sinueuses et mobiles était franchement… franchement… fascinante… De même que son léger accent chantant. Elle secoua la tête pour revenir à la réalité et sourit à nouveau.

Le journaliste déglutit un peu péniblement en la regardant.

– Pouvez-vous m'en dire un peu plus sur cet extraordinaire procédé holographique qui vous a permis de vous produire avec un réalisme aussi incroyable dans trente salles à la fois ?

– Non, ça c'est impossible, et j'en suis désolée, mais mon contrat m'interdit de dévoiler quoi que ce soit à ce sujet. Maintenant, je vous prie de m'excuser, il est temps que j'aille me détendre et surtout dormir un peu.

– Oui, bien sûr, mademoiselle Djanis, pardon, Djanis. Je vous remercie encore. Bonne soirée.

– Oh, soyez gentil d'envoyer votre article à la relecture à mon agent avant de le publier.

– Oui, bien sûr, soyez sans crainte. Bonne nuit.

– Bonne nuit... Olivier ? C'est bien ça ?

Le journaliste quitta l'hôtel, aimablement escorté par le garde du corps de Djanis, qui voulait s'assurer qu'il ne resterait pas en planque quelque part pour guetter la star.

Puis, quand ils furent certains de n'être vus de personne, ils reprirent la route.

De retour dans sa loge, Djanis se laissa tomber avec lassitude dans son fauteuil, balayant d'un regard distrait les bouquets de fleurs qui s'entassaient dans un coin. Bien sûr, il ne s'agissait pas d'hommages de ses fans puisque tout le monde ignorait où se trouvait le studio, mais de bouquets de félicitations de la prod, de sa mère, de son amie Marion.

Son regard fut attiré par un carton qui dépassait d'un des bouquets. Machinalement, elle tendit la main et l'attrapa, s'attendant à un message du style « Bravo ma chérie, tu as été merveilleuse » puisque, dans ce métier, on ne peut être « que » merveilleux. Son regard s'écarquilla un peu en lisant les mots écrits au feutre d'une fine écriture penchée :

Tu es le fruit de la science, de l'amour et du silence.

Pas de signature.

Drôle de truc, pensa-t-elle, intriguée, avec un brin d'amusement.

Betty, rose de fierté, commença à la démaquiller pendant qu'elle fermait les yeux et s'endormait instantanément.

V

Djanis se réveilla en début d'après-midi, reposée, l'esprit clair. Sa première pensée fut pour les lèvres mobiles d'Olivier et ses pupilles noisette... Surprise, elle ouvrit tout à fait les yeux et s'assit dans son lit. Mais rapidement elle se détendit et eut un petit sourire moqueur.

J'entends déjà Betty me taquiner : « Alors ma chérie, on fait son cœur d'artichaut ? » Bon j'ai bien le droit de trouver un mec craquant quand même ! Quel âge il peut avoir ? Je dirais une dizaine d'années de plus que moi, oui peut-être trente-cinq ou trente-sept ans, quelque chose comme ça.

Cessant son monologue intérieur, Djanis sauta hors du lit et, en minishort et tee-shirt, elle dévala pieds nus l'escalier en bois et fonça vers la cuisine pour s'occuper de son petit-déjeuner. Élisabeth, sa mère, était assise sur un des tabourets hauts, les coudes sur l'îlot central, et lisait quelque chose sur son mobile tout en sirotant un café.

– B'jour m'man, dit Djanis en s'avançant pour déposer un baiser léger sur sa joue.

– Bien dormi, ma chérie ?

– Comme un loir. Je pensais que j'aurais du mal à m'endormir avec toute la tension accumulée, mais pas du tout. Et, au fait : comment j'ai pu me retrouver dans mon lit et en pyjama ?

– Mais tout simplement, mon bébé, répondit sa mère avec un brin de malice dans les yeux, on t'a portée. Et cette interview, c'était comment ? Je sais que tu n'aimes pas beaucoup te livrer et j'ai eu l'impression que ça te contrariait de la faire, je me trompe ?

– Non, tu as parfaitement raison, mais en fait, eh bien, le journaliste, tu te rappelles peut-être qui c'est ? C'est le grand brun qu'on a vu au Hilton à Paris, c'est là que j'ai accepté l'interview...

– Oui, eh bien ?

Djanis sourit en rosissant légèrement.

– Eh bien il a été vraiment sympa, pas du tout incisif ni fouineur. Très délicat au contraire.

– Ah, je crois que je vois, répondit Élisabeth en éclatant franchement de rire. Raconte-moi, il est si craquant que ça ?

– Eh, oh, doucement, hein, je n'ai pas dit ça. J'ai seulement dit que j'avais trouvé Olivier sympa.

– Olivier, hein ? Oui, oui, j'ai bien entendu, ma chérie. Bon allez, je vais arrêter de te taquiner, tu es une grande fille et tu fais ce que tu veux, mais méfie-toi des journalistes. Ils ont nécessairement une bonne raison de se montrer charmants.

– Maman, arrête ! Je t'assure qu'il s'est montré très respectueux et pas du tout ambigu, ne va pas en faire un film, il ne s'est absolument rien passé !

– Tu as raison, ma chérie, j'arrête vraiment, mais garde les yeux ouverts, on ne sait jamais.

– T'inquiète pas. Oh, d'ailleurs justement, en parlant d'yeux ouverts, figure-toi qu'il y avait un truc bizarre hier soir dans ma loge, quand je suis rentrée.

– Quoi donc ?

– Eh bien il y avait cinq bouquets de fleurs dans ma loge : le tien, celui de Valère, un d'Alain, un de Marion, avec vos messages de félicitations, et un cinquième avec une carte sur laquelle était écrit : « *Tu es le fruit de la science, de l'amour et du silence.* » Ça m'a paru très bizarre. Ce n'était pas signé et je n'arrive pas à imaginer qui, de l'équipe, aurait pu m'écrire un truc pareil...

Élisabeth eut l'air instantanément tendue.

– Qu'est-ce qui te fait penser que c'est quelqu'un de l'équipe qui t'aurait déposé ça ?

– Qui veux-tu que ce soit d'autre ? Personne n'entre ni ne sort de la propriété sans être accrédité, repéré, fouillé. C'est forcément quelqu'un d'ici.

– Oui, tu as sans doute raison. Sûrement un admirateur secret plus fan que les autres qui est arrivé à se faire engager, rien de plus. On a dû laisser passer un dérangé à la sélection.

– Bon. À voir. Mais aussi, je me demande bien ce que ça peut vouloir dire.

– Sûrement rien du tout, ne t'en fais pas, oublie ça, c'est sans intérêt.

– Comment ça ? Mais pas du tout ! D'ailleurs, tu m'as bien dit qu'avant ma naissance tu avais eu une carrière scientifique et que, même s'il nous a très vite abandonnées, ça avait été une vraie histoire d'amour avec mon... père biologique.

Élisabeth lui fit face, soudain sévère et presque froide.

– Franchement, Djanis, pourquoi tu voudrais remuer tout ça ? C'est loin, ça n'intéresse plus personne...

– Ben si, moi, ça m'intéresse, figure-toi. Ce n'est pas toi qui vis avec un mystère autour de ta naissance. Toi, tu as connu tes deux parents, ils t'ont élevée ensemble, mais moi, je n'ai jamais connu mon père, je n'ai pas un seul souvenir de lui, et toi, tu ne m'as montré aucune photo, rien à quoi me raccrocher. Tu n'imagines pas le vide que ça peut faire !

– Oh, ma chérie, je suis si désolée, je ne me rendais pas compte ! Mais vraiment, il n'y a rien à dire. Non, je n'ai aucune photo. À l'époque, les téléphones portables n'étaient pas répandus comme maintenant et on ne faisait pas des selfies à tout bout de champ, d'ailleurs on n'en faisait pas du tout, ça n'existait pas !

– Mais qu'est-ce que ça peut bien être que cette histoire de science et de silence ?

– Mais je n'en sais rien du tout ! Et je pense réellement que c'est sans queue ni tête et donc sans intérêt. Au lieu de te préoccuper de choses sans importance, tu devrais prendre ton petit-déjeuner. Il y a du jus de légumes tout frais : carotte, céleri et fenouil.

– Merci, mais je crois que j'ai besoin de protéines ce matin, je vais me faire deux œufs brouillés avec du sirop d'érable et un grand bol de café.

— Laisse, je m'en occupe.

— Oui, merci m'man, répondit Djanis en se forçant à abandonner le sujet.

Pourtant, elle était très intriguée par la résistance de sa mère, et sa volonté manifeste de minimiser l'incident. Elle se promit de mener une petite enquête discrète pour tirer au clair ce mystère. Sûrement pas grand-chose, lui murmurait son mental rationnel. Mais au fond d'elle-même, une autre voix lui chuchotait au contraire de ne pas laisser tomber, que ça pouvait être important.

De toute façon, sa mère n'avait jamais été claire sur les circonstances de sa naissance et, à vingt-sept ans, Djanis estimait avoir largement le droit d'obtenir des réponses à ses questions. Si elle pouvait éventuellement comprendre qu'on ait voulu cacher certaines choses à une petite fille pour la protéger, il n'en était plus de même aujourd'hui ; elle était une femme, plutôt équilibrée, d'ailleurs, à son avis, et il était temps de lever le voile sur son passé.

Dans les jours qui suivirent, libérée d'une grande partie de ses occupations ordinaires maintenant que le concert était passé, elle enquêta discrètement auprès de son entourage pour en apprendre un peu plus. L'entourage en question, d'ailleurs, celui capable de lui fournir des informations intéressantes, se résumait en tout et pour tout à sa mère, à Marion, son amie d'enfance, et à Hélène Le Hennec, la maman de Marion. Éventuellement, Alain, son producteur, qui la poulinait depuis l'âge de seize ans, pourrait lui être également utile.

Elle réalisa qu'à part ces trois femmes, il n'existait personne dans son entourage avec qui elle était en relation depuis l'enfance. Elle avait dit au journaliste qu'elle vivait un peu en ermite, mais elle n'avait pas réalisé à quel point c'était vrai.

Bien décidée à mener l'enquête, elle résolut de s'attaquer d'abord à Marion. Marion Godart, née Le Hennec, était son amie depuis la maternelle. Très mince, presque maigre, Marion semblait toute petite à côté d'elle, avec son mètre soixante-deux. Malgré ça, à l'école, on les appelait « les siamoises ». Toujours fourrées ensemble, partageant à tout instant des secrets chuchotés, ce qui leur avait valu plus d'une punition et plus d'une heure de colle au cours de leurs études.

Puis, à dix-huit ans, Marion avait intégré Sup de Co à Montpellier, tandis que Djanis, depuis déjà deux ans, suivait sa scolarité à la maison quatre heures par jour, travaillait sa voix trois heures, le solfège deux heures, le piano trois heures. Des journées de douze heures pour une ado, avec relâche seulement le dimanche, et encore, avec footing et abdos obligatoires, soi-disant pour s'aérer, dérouiller ses muscles et renforcer ses obliques indispensables au soutien vocal. Sans se perdre de vue – elles se téléphonaient tous les jours –, elles avaient dû s'éloigner l'une de l'autre pendant un temps mais elles continuaient à partager tous leurs secrets, toutes leurs confidences.

Marion s'était mariée, puis avait divorcé mais conservé le nom de son ex pour des questions de commodité par rapport à son travail. Et quand la carrière de Djanis avait commencé à se dessiner, elle avait laissé tomber le boulot de juriste mal payé qu'elle avait décroché dans un cabinet comptable pour suivre son amie. Depuis, elle gérait les aspects financiers et juridiques de sa carrière, sous la supervision d'un commissaire aux comptes et d'un cabinet d'avocats parisien spécialisé en propriété intellectuelle. Elle avait littéralement exigé cette supervision, prétendant qu'elle ne voulait pas qu'un jour, on puisse l'accuser de profiter de sa position auprès de Djanis pour s'enrichir à ses dépens.

Pour ça et pour bien d'autres choses, Djanis adorait son amie. En plus, elle savait que celle-ci ne pourrait rien lui refuser.

Quelques jours après le concert, Djanis avait regagné son appartement de Montpellier. Elle savait que c'était désormais provisoire et qu'il faudrait bientôt envisager de déménager à Paris pour être plus proche des gens qui pesaient lourd dans sa carrière, et, partant, plus opérationnelle.

Elle envoya un SMS à Marion.

« T libre, là ? »

Presque immédiatement son smartphone se mit à vibrer, Marion la rappelait, toujours aussi réactive.

– Salut ma grande, besoin de voir ta copine préférée ?

Djanis eut un rire léger.

– On va dire ça comme ça, la rouquine. Ça te dit une petite virée à Sète pour déguster une dorade sur les quais ?

– Et comment ! Je passe te prendre dans une heure, ça te va ?

– Nickel !

Deux heures plus tard, les deux amies étaient attablées sur le quai au Bistro du Port, juste à côté de la criée, dans les odeurs de poiscaille et de mazout des chalutiers. Le petit restaurant ne payait pas de mine, mais le poisson y était toujours frais, délicieux et bon marché.

Djanis opta pour une dorade grillée, pendant que Marion choisissait une fricassée de poulpes. En guise d'apéro, elles partagèrent une petite friture de jols en sirotant un verre de viognier bien frais. Djanis attaqua son enquête avec diplomatie.

– Ça me fait penser aux sorties à la plage quand on était petites, tu te rappelles ? Maman nous emmenait dans sa vieille 205 rouge toute pourrie, c'était une vraie expédition avec le parasol, les seaux, les pelles, les râteaux, les serviettes, le pique-nique, le goûter… Et, des fois, c'est toute ta smala qui venait avec nous, ton père, ta mère, ton frangin…

Djanis souriait en évoquant ce temps lointain et chaleureux et Marion avait l'air carrément émue.

– Ouiiiii, Ludo qui nous collait, on n'arrivait pas à s'en débarrasser, et maman qui insistait pour qu'on l'emmène partout avec nous !

Djanis prépara son attaque. Elle soupira.

– Le pauvre chou, c'est normal de vouloir être avec sa grande sœur. Et lui, il avait cette chance d'en avoir une, et aussi d'avoir ses deux parents. Moi qui suis fille unique et qui n'ai jamais connu mon père, je peux te dire que je l'enviais parfois !

Marion resta silencieuse, ne sachant que répondre. Après un petit temps de silence, Djanis reprit innocemment, sans lever les yeux de son assiette.

– Je n'ai jamais pensé à demander à ta mère, mais... tu crois qu'elle aurait pu connaître mon père ? Elles ont toujours été proches, maman et elle, et elles se connaissent depuis vraiment longtemps. Elle t'en a déjà parlé ?

Passablement embarrassée par cette question directe, Marion opta pour la franchise.

– Non, elle ne m'en a jamais rien dit, mais... En fait, il y a bien quelque chose dont je me souviens, mais c'est assez vague, au point qu'aujourd'hui, je me demande si ce n'est pas une histoire que je me suis inventée.

– Dis toujours.

– C'était il y a vraiment longtemps, on devait avoir dans les douze ou treize ans toutes les deux, et on jouait à cache-cache chez moi. À un moment, je m'étais planquée dans le petit dressing de l'entrée, tu sais, celui qui est à côté de la cuisine, et j'attendais que tu me cries que j'avais gagné, vu que tu étais entrée dans le dressing mais que tu ne m'avais pas repérée, cachée derrière les manteaux, et que tu étais ressortie.

Djanis sourit à cette évocation mais n'interrompit pas son amie, qui poursuivit son histoire.

– Bon alors, j'étais là, et j'ai entendu maman qui parlait dans la cuisine avec une femme qui avait un drôle d'accent, à la fois anglophone et traînant. Antillais, je dirais.

– Tu l'as vue, cette femme ?

– Juste aperçue quand elle partait parce que j'étais sortie de ma cachette. Une grande et forte femme à la peau foncée, des cheveux courts, gris et crépus.

– Et alors ? demanda Djanis, qui avait envie de la secouer pour que les mots sortent plus vite.

– Alors pas grand-chose, en fait, mais elles parlaient de toi et d'un certain Boris, je crois. La femme a dit à maman que ce Boris avait piraté un dossier appelé « Silence » dans un endroit avec un nom de type russe, compliqué, tu vois. Elle disait qu'il était recherché par les services secrets. Et là où c'était vraiment bizarre, c'est que ma mère lui a répondu qu'il allait sûrement essayer d'entrer en contact avec TOI et qu'il faudrait tout faire pour l'en empêcher.

– Entrer en contact avec moi ? Tu es sûre ?

– Oui, oui, c'est même pour ça que je m'en souviens aussi bien, tu penses ! On aurait dit un truc d'espionnage ou je ne sais quoi de ce genre.

– Et le nom de cet endroit, tu t'en rappelles un peu ou pas du tout ?

– Si, vaguement, un truc comme Acad…, Acadoroc… Ah désolée, c'est trop vieux, je ne me rappelle vraiment rien de plus.

Djanis réfléchit un moment, tentant de digérer cette information et de lui trouver un sens.

– Et pourquoi tu ne m'en as jamais parlé ?

– Eh bien, d'abord je n'ai rien compris à leur discussion, mais, surtout, j'ai senti que ma mère avait peur, mais vraiment peur, tu vois. Alors j'ai préféré ne pas en parler. Et puis après, j'ai oublié. Désolée, mais j'étais vraiment très jeune.

Décidant de changer de ton pour détendre l'atmosphère et essayer de gratter quelques informations de plus, Djanis partit d'un rire joyeux.

– Bon, elle est bien intéressante, ton histoire d'espion, mais rien à voir avec ma question, tu t'es encore perdue en chemin ! Et mon père dans tout ça, hein ?

– Ah mais justement, mauvaise langue, je ne me suis pas perdue du tout, parce que si c'est ce souvenir qui m'est revenu, c'est parce que ma mère a appelé ce Boris « ton père » !

– Quoi ??! Attends, explique, je ne comprends rien, là !

– Oui, pardon, en fait elle n'a pas vraiment dit « son père », mais elle a dit un truc du genre : « En tant que son *concepteur*, il pourrait parvenir à la convaincre de le suivre et la mettre en grand danger.

– Son *concepteur* ? Tu es sûre ?

– Évidemment que je suis sûre, enfin, c'était sans doute assez bizarre comme manière de s'exprimer, mais pour moi « concepteur », ça voulait forcément dire « père », c'est bien la même chose dans le contexte, non ?

VI

Les questions affluaient et se bousculaient dans la tête de Djanis. Qui était cette femme, qui était – ou qui est – Boris ? Sont-ils toujours en vie ? Et où ? Comment les trouver ? L'histoire racontée par Marion remontait déjà à près de quinze ans et bien des choses avaient pu arriver dans l'intervalle.

Ce dont elle était sûre, et c'était bien la seule chose dans ce brouillard, c'est que le Boris en question, qu'il soit ou non son père, ne l'avait jamais trouvée, sinon, d'après la mère de Marion, il aurait tout fait pour l'emmener avec lui. Sauf qu'aujourd'hui, elle était devenue une star, un personnage public et, par là même, assez facile à repérer.

Est-ce que le mot dans sa loge venait de lui ? Non, non, impossible, il n'aurait jamais pu arriver jusque-là sans se faire repérer par la vidéosurveillance ou les gardes postés.

Pourquoi était-il recherché à l'époque ? Est-ce qu'il l'était encore ? Et ce dossier au nom bizarre de « Silence », semblant tout droit sorti d'un mauvais film d'espionnage, qu'est-ce que ça pouvait bien être... ?

Encore que... cette histoire de silence pouvait peut-être faire le lien entre le mot de la loge et le dossier que ce Boris aurait prétendument volé. Non, non, impossible, tout ça était vraiment trop tiré par les cheveux.

À ces questions s'en ajoutaient d'autres encore, plus anciennes et plus personnelles. Ça faisait déjà un moment que Djanis s'interrogeait sur toutes sortes de petits détails qui lui donnaient parfois l'impression d'être une extra-terrestre à côté des autres. Sa capacité à intégrer à toute vitesse des informations même complexes, sa mémoire – elle se rappelait des détails incroyables et pouvait réciter par cœur et sans erreur les dialogues des réunions de prod ou n'importe quoi d'autre –, le fait aussi qu'elle n'ait aucun souvenir – malgré ces capacités

– d'avoir été malade une seule fois depuis l'enfance, même pas un petit rhume.

Et puis, bien sûr, il y avait aussi l'origine de ses capacités vocales qui l'intriguait. Sa mère avait une voix magnifique, mais même si la génétique pouvait expliquer certaines choses, elle savait que ce n'était pas suffisant.

Depuis longtemps déjà, elle connaissait l'étendue anormalement grande de sa tessiture, mais pas seulement. Sa facilité à apprendre n'importe quelle mélodie, dans n'importe quelle langue, son oreille absolue, sa capacité à chanter n'importe quelle note quel que soit l'écart avec la note voisine, sans le moindre effort...

Bien sûr, sa mère lui avait imposé une discipline de fer et un travail vocal intense, mais, pour avoir côtoyé un certain nombre de chanteurs et chanteuses, dont certains carrément exceptionnels, elle savait que ça n'expliquait pas tout.

Trop de dons en une seule personne, pensait-elle parfois, en écrivant de nouvelles chansons, paroles et musique, qui devenaient immanquablement des succès comme si elle savait instinctivement ce qui allait plaire.

Elle s'amusait de temps en temps à composer pour elle seule des mélodies quasiment impossibles à chanter, avec des écarts de trois octaves entre deux notes, ou même des sons qui dépassaient le registre de l'audition humaine et que, toujours, pourtant, elle pouvait chanter sans effort.

Toutes ces observations s'étaient accumulées dans son esprit, sans qu'elle s'en rende vraiment compte. C'est ce mot bizarre dans sa loge, un soir de concert, qui avait comme fait exploser la barrière mentale qui lui permettait de croire que tout cela était normal.

Désormais, elle voulait des réponses et elle les trouverait.

VII

Avant tout, elle décida de rechercher cet endroit au nom de type russe dont Marion se souvenait plus ou moins. Elle avait dit « Acadoroc ». Djanis commença donc ses recherches par là sur Internet, sans cibler aucun pays en particulier, connaissant l'incapacité de son amie à mémoriser le nom des personnes et des lieux et la pauvreté de ses connaissances en géographie.

Elle se rappelait encore ce jour où Marion, toute heureuse, lui avait dit qu'elle partait faire un stage à Roscoff, oui, en Russie, ma chère ! Un rire monta dans sa gorge en se rappelant la tête de son amie quand elle avait été obligée de lui expliquer que Roscoff, c'était en Bretagne !

Elle ouvrit le moteur de recherche et tapa « Acadoroc » sur son clavier. Elle obtint aussitôt une réponse : « *Il semblerait qu'il n'y ait aucun résultat pertinent associé à votre recherche.* » Bon ce n'était pas tout à fait ce qu'elle attendait, mais en même temps, ça aurait été un miracle qu'elle trouve quelque chose du premier coup.

Se rappelant que Boris était recherché par les services secrets, elle tapa « *dossiers secret-défense, Russie* ». Elle obtint une information de déclassification de documents secrets par le ministère de la Défense russe et creusa cette piste pendant plusieurs heures avant de s'arrêter, découragée et affamée.

Elle se prépara du thé et une salade au thon qu'elle mangea tranquillement, en vidant son esprit. Après cette pause, elle revint à son ordinateur. De « secret-défense », elle décida de passer à « technologies de pointe », en se disant que c'était peut-être un truc de ce genre que ce Boris avait volé. Ça la mena dans la Silicon Valley américaine. Elle parcourut rapidement les articles mais rien ne faisait référence à un quelconque secret ni à un dossier « Silence » – qui aurait pu être déclassifié, vu le temps écoulé.

Continuant à zapper, elle tomba soudain sur un article qui citait la « Silicon Valley russe », située à Akademgorodok, et la puissance russe par les hautes technologies... Ouiii, c'était ça ! Elle eut le sentiment d'accrocher enfin un petit bout de l'histoire.

Elle se mit à lire fébrilement tout ce qu'elle put trouver sur cette cité scientifique située en Sibérie, à côté de la ville de Novossibirsk.

Construite au cœur d'une forêt en 1958 sous l'impulsion de Nikita Khrouchtchev, alors premier secrétaire du Parti communiste de l'Union soviétique et président du conseil des ministres, c'était visiblement l'un des centres scientifiques les plus importants de Russie, mais également une vraie petite ville qui accueillait des chercheurs de tous les pays, avec des instituts de recherche, des universités, des restaurants, des magasins, des appartements, des hôtels, des cinémas... Contrairement à d'autres centres scientifiques soviétiques, Akademgorodok semblait n'avoir jamais été une ville fermée. Des interviews d'anciens chercheurs français ayant travaillé dans ce complexe lui donnaient une image de liberté intellectuelle. Avec son niveau de pointe en matière de hautes technologies, sa concentration en cerveaux supérieurs, la liberté laissée aux chercheurs dans la conduite de leurs recherches, elle méritait amplement son surnom de « Silicon Taïga ».

Cet endroit semblait être une véritable technopole qui accueillait une centaine de sociétés spécialisées dans toutes sortes de domaines, ainsi que des milliers d'étudiants.

Dès l'origine, son but avait été de mener des projets de recherche de haute qualité dans différents domaines scientifiques. Ceci avait rapidement conduit à la création de nombreux instituts et à des collaborations scientifiques avec des pays du monde entier.

Ainsi, l'institut de cinétique et de combustion, l'institut de chimie des minéraux, celui de chimie organique, d'autres dédiés aux technologies calculatoires, aux systèmes informatiques, à la conception des équipements de traitement des données. L'intelligence artificielle aussi était activement étudiée par une série de départements travaillant ensemble sur des sujets aussi divers que les mathématiques appliquées, la mécanique théorique et appliquée, la physique des semi-conducteurs, la microélectronique.

La tête lui tournait en prenant conscience de l'ampleur de ce complexe scientifique tentaculaire. Les plus grands savants et chercheurs du monde entier y avaient travaillé, pendant des périodes plus ou moins longues, à la mise au point de technologies de pointe en matière de physique nucléaire, de recherche spatiale, de robotique ou encore en recherche fondamentale. Il était probable que beaucoup de ces programmes étaient en lien direct avec l'armée et la défense nationale.

Elle tomba sur un article du journal *Le Monde* datant de 1966, qui relatait le début d'une collaboration franco-russe, à l'initiative d'Alexeï Kossyguine, qui avait succédé à Khrouchtchev en 1964, avec le général de Gaulle, alors président de la République française. Une collaboration scientifique de grande ampleur portant le nom idéaliste de :

« Pour le progrès des hommes et pour la paix. »

De nombreux chercheurs français avaient alors émigré en Russie, pour intégrer l'un ou l'autre des programmes de recherche sur les technologies de pointe : modélisation humaine, intelligence artificielle, science photonique, etc.

L'AFP rapportait les propos du général de Gaulle du 24 juin de cette année 1966 : « Puissent la science soviétique et la science française s'unir pour le progrès des hommes, tandis que la Russie et la France s'unissent pour la paix du monde », dans le discours qu'il avait prononcé à Novossibirsk, en qualifiant la cité des savants Akademgorodok de « l'une des réalisations les plus remarquables de notre temps ».

À cette époque, la cité scientifique développait des projets autour de l'énergie nucléaire et mettait en route la construction d'un accélérateur de particules.

Djanis se demanda s'il était possible de trouver des listes de personnes – scientifiques ou administrateurs – qui y avaient travaillé dans les années 2000 à 2005, c'est-à-dire à l'époque de l'incident relaté par Marion. Après de nombreuses tentatives infructueuses, elle décida de laisser tomber pour l'instant, surtout à cause du fait qu'il était déjà 2 heures du matin et que, habituée à une vie très réglée, elle n'en pouvait tout simplement plus et sentait le besoin de recharger ses batteries.

Elle éteignit l'ordinateur et quitta la pièce. Deux heures plus tard, les yeux grands ouverts, elle poussa un soupir résigné : rien à faire, ça n'allait pas la lâcher. Elle s'assit au bord du lit, laissa pendre ses jambes et se mit debout, malgré une sensation d'intense fatigue. La nuit allait être longue.

Elle se prépara une tasse de café et se remit devant l'écran de son ordinateur, qu'elle alluma, puis réfléchit.

Comment savoir si ce Boris y avait travaillé ? Mais bien sûr ! Elle avait laissé ouvert dans Internet tous les onglets de recherche sur Akademgorodok. Elle réactiva sa session et, dans chacun d'eux, elle tapa « Boris » dans la zone de recherche. C'était un prénom russe assez courant et elle craignait de se retrouver confrontée à trop de résultats ou au contraire à aucun.

À sa grande surprise, seulement trois noms s'affichèrent, qu'elle alla immédiatement explorer dans Wikipédia. Bingo ! Le second, Boris Mikhail Sobolev, était un mathématicien spécialisé dans la conception d'algorithmes à comportement évolutif, utilisés dans la création d'intelligences artificielles. Il était le petit-fils d'un des fondateurs de la cité scientifique, Sergueï Lvovitch Sobolev, lui-même mathématicien et physicien atomique, et... il avait disparu en 2019 ! On n'avait jamais su s'il avait été enlevé, victime d'un crime crapuleux, ou s'il avait émigré clandestinement.

Non, ça ne collait pas. L'année, 2019, ça ne collait pas. Le souvenir de Marion remontait, lui, à leurs treize ans, soit aux environs de 2005 ou 2006. Pourtant quelque chose lui disait que la piste était bonne.

Qu'est-ce que je dois faire ? Cuisiner encore Marion et maman ? Leur faire cracher le morceau ? Je n'ai pas encore parlé à Hélène, peut-être aurait-elle des choses à me dire ? Ou me débrouiller toute seule et leur mettre mes preuves sous le nez ? Si j'en trouve ! J'ai l'impression qu'elles me racontent des craques... mais pourquoi ?

Levant le nez de son clavier, Djanis constata avec surprise qu'il faisait grand jour. Elle regarda sa montre : 8 heures passées. Sur une impulsion, elle attrapa son smartphone, sélectionna un contact et établit la communication.

— Allô ?

— Bonjour Olivier, c'est Djanis, je ne vous réveille pas, j'espère ?

VIII

– Dja… Djanis ! Oui ! Non ! Je veux dire… Non ! Vous ne me réveillez pas ! Si je m'attendais… Qu'est-ce que je peux faire pour vous ?

– Eh bien, rien de particulier en fait. J'avais eu l'impression que le courant était plutôt bien passé entre nous et je me demandais… si ça vous dirait qu'on boive un verre ensemble un de ces jours ?

– Mais avec grand plaisir ! Quand voulez-vous ?

– Disons… dans une heure au café Riche, vous savez, celui qui est sur la place de la Comédie, à côté du théâtre ?

– Ah… dans une… ? Mais oui, pas de problème, j'y serai !

Djanis sourit, satisfaite d'avoir si bien su jouer de son charme, et sans le moindre remords. La fin justifie les moyens, c'est bien connu. Elle prit tout son temps pour se doucher et se préparer afin d'arriver en retard.

Une heure et demie plus tard, elle traversa la place de la Comédie en diagonale en direction de la terrasse du café où le journaliste l'attendait avec impatience et un brin d'inquiétude. Elle portait une chemise blanche très simple sur un jeans bien coupé, des boots aux talons biseautés style Santiag de luxe. Elle avait emprisonné ses cheveux bleus trop reconnaissables sous une casquette mettant en valeur les larges anneaux d'or qu'elle portait aux oreilles. En cette fin septembre, le soleil très vif rendait les pavés de la place presque éblouissants, bon prétexte aux lunettes de soleil très sombres qui lui mangeaient le visage et dissimulaient un peu son identité aux yeux des passants.

Poursuivant son entreprise de charme pas vraiment désintéressée, elle lui planta un léger baiser sur la joue avant de s'asseoir de l'autre côté de la petite table bistro avec un charmant sourire.

– Merci, vraiment, d'avoir accepté de me voir si vite. Je me doute que vous avez un emploi du temps chargé, mais...

– Non, non, ne vous inquiétez pas, plaida Olivier, je n'avais qu'un rendez-vous ce matin que j'ai pu décaler sans problème. Je peux donc vous consacrer tout mon temps, aussi longtemps que vous voudrez.

Djanis n'en demandait pas tant. Olivier leva le bras pour attirer l'attention du serveur et commanda un expresso pour Djanis, un cappuccino pour lui et deux verres d'eau.

– Je me suis permis de vous appeler parce que je ne connais personne dans le milieu journalistique, à part vous.

Le serveur revint avec les commandes et ils se turent, le temps qu'il dépose leurs consommations et encaisse sa monnaie. Le silence persista un moment et, pour se donner une contenance, Olivier trempa ses lèvres dans sa tasse.

– À vrai dire, j'aurais besoin de quelques infos pour une sorte d'enquête que je voudrais faire.

Intrigué, Olivier reposa sa tasse et essuya d'un coup de langue rapide le fin trait de mousse que la boisson avait déposé sur sa lèvre.

– Je vous écoute.

– Eh bien voilà, je cherche à retrouver une personne de ma famille, perdue de vue depuis longtemps, et la seule piste que j'ai pour la retrouver semble se situer dans une sorte de cité scientifique où cette personne aurait travaillé, au moins un temps dans le passé. Alors comme je n'ai aucune légitimité pour poser des questions à son sujet, je me demandais si je ne pouvais pas me faire passer pour une sorte de journaliste, et si vous ne pourriez pas me donner quelques tuyaux pour être crédible, ou...

– Attendez, attendez, je vous arrête tout de suite, le journalisme est un métier sérieux, nous avons des cartes de presse. Si vous n'en avez pas, votre pseudo-couverture ne tiendra pas cinq minutes et vous risquez de vous faire jeter dehors avec pertes et fracas !

– Je n'avais pas pensé à ça. Alors peut-être que si je me fais passer pour une étudiante qui fait sa thèse sur cette technopole... Qu'en pensez-vous ?

– Eh bien, Djanis, je suis navré mais je n'en pense pas grand-chose. Il faudrait que vous m'en disiez un peu plus si vous voulez que je vous aide.

– C'est que je ne peux pas. Je suis désolée, je n'aurais jamais dû vous appeler, je n'ai pas pris la mesure de mes actes et je me suis conduite comme une idiote. C'est une affaire personnelle dont je ne veux absolument pas qu'elle finisse dans les magazines people et je viens exactement de faire ce qu'il faut pour ça.

Djanis se leva brusquement, remit ses lunettes sur son nez et attrapa son sac. Olivier se dressa tout aussi brusquement et lui toucha le bras.

– Non, attendez, ne partez pas ! Je suis désolé si je vous ai donné une mauvaise impression. Croyez-moi, je suis vraiment tout disposé à vous aider, même si je ne peux pas écrire un mot sur le sujet. Je suis prêt à m'y engager par écrit si vous voulez !

Djanis hésita un long moment, le fixant à travers ses verres sombres, qui rendaient son expression indéchiffrable. Puis enfin, mue par une impulsion venue d'elle ne savait où, elle se rassit avec un soupir et entreprit de lui raconter tout ce qu'elle connaissait de l'histoire.

Olivier n'en revenait pas : c'est en Sibérie que Djanis voulait mener son enquête ! Et il s'agissait ni plus ni moins que de soutirer à on ne savait qui des informations sur un homme qui avait probablement volé un ou des secrets ultrasensibles et qui, peut-être, avait trouvé la mort. Il n'y avait aucune chance qu'on leur donne gentiment ce genre de renseignement. Mais cette histoire était sacrément tentante.

– Tout d'abord, pour être crédible, la première chose, comme je vous l'ai dit, est de posséder une carte de presse. Je pourrais vous faire passer pour mon assistante et ça ne devrait pas être trop difficile de vous obtenir une carte temporaire. D'autre part, une bonne part du travail peut probablement être faite sans bouger d'ici.

– Comment ça ? demanda Djanis.

– Je ne suis pas du tout un spécialiste de ce type de journalisme, mais il existe un véritable vivier de données en ligne, vous seriez surprise. Je me rappelle avoir lu deux ou trois articles à ce sujet il y a quelque temps, à la suite de l'empoisonnement d'Alexeï Navalny, un opposant du régime Poutine, en 2020. Grâce à la compilation de sources numériques, il a réalisé de virulentes enquêtes à charge contre les dirigeants russes, et notamment contre le Premier ministre Dmitri Medvedev, en 2017. Ses révélations m'ont impressionné par la précision des données recueillies, l'identification des agents secrets impliqués et la mise au jour de leur mode d'action. Depuis, l'enquête par les données s'est énormément développée en Russie et je pense qu'on peut trouver pas mal d'informations sur Internet en utilisant la méthode OSINT.

– Qu'est-ce que c'est ?

– OSINT, ça signifie *Open Source Intelligence*. C'est une méthode d'investigation fondée sur le renseignement en sources ouvertes. La nouvelle génération de journalistes russes utilise les données de géolocalisation, les métadonnées de communication, les signaux téléphoniques, la reconnaissance faciale, et d'autres données encore. Je ne m'y connais pas suffisamment, mais j'ai un ami à qui je pourrais demander de me faire un brief sur le sujet.

– OK, on peut commencer par là, d'autant que je peux peut-être arriver de mon côté à soutirer quelques informations à mes proches. Mais, quoi qu'il en soit, à un moment ou à un autre, je me rendrai sur place parce que je pressens que le secret de ma naissance est quelque part là-bas. Ce sera avec ou sans vous, mais j'irai.

– Eh bien, je pense qu'on en reparlera. D'ici là, si on doit travailler ensemble, on pourrait peut-être se dire tu ?

– Laissez-moi un peu de temps, d'accord ? Bien sûr, je vous fais confiance, sinon je ne serais pas venue vous chercher, mais…

– Pas de souci, l'interrompit Olivier, en se sentant un peu ridicule. Mais au moins, appelez-moi Olive, comme le font mes amis.

Djanis éclata d'un rire franc.

– Ah non, sûrement pas !

Cette fois-ci, le jeune journaliste était carrément vexé.

– Et pourquoi ça ?

– Olivier, c'est un très beau prénom, il évoque la solidité de l'arbre, avec ses racines profondes et son feuillage qui sait résister à la chaleur et à la sécheresse. Mais une olive, c'est juste un amuse-gueule qu'on gobe à l'apéro ou dans la salade ! Alors, non, si vous permettez, je continuerai à vous appeler Olivier.

– D'accord, je le prends donc comme une marque d'estime.

– Oui, vous pouvez.

Ils se séparèrent après avoir prévu un prochain rendez-vous pour commencer leurs investigations.

IX

Olivier commença, comme il l'avait indiqué, par se former un peu aux méthodes des journalistes d'investigation en se faisant aider d'un vieil ami informaticien passionné par le craquage de systèmes de sécurité, occupation qui n'intéresse que les geeks et les espions.

Ils se retrouvèrent ensuite chez Djanis, dans son petit appartement, qui devint rapidement leur quartier général. Olivier apporta son propre ordinateur et son imprimante afin d'accélérer leurs recherches. Pour anticiper leur futur déplacement et peut-être orienter leurs investigations, Olivier parvint à entrer en contact avec un journaliste russe parlant anglais qui avait collaboré avec Alexeï Navalny et sa fondation de lutte contre la corruption en Russie. En utilisant un réseau crypté, ils avaient pu communiquer et le journaliste lui avait donné quelques pistes de recherche Internet, en lui faisant promettre de partager ses résultats si Djanis et lui découvraient des choses intéressantes. Olivier promit, sans trop savoir ce qui pourrait bien constituer une information intéressante pour lui.

Au début, ils tombèrent sur des données facilement accessibles qui vinrent compléter celles que Djanis avait déjà découvertes.

Du décret sur la paix en 1917, à l'option zéro de Gorbatchev soixante-dix ans plus tard, les thèmes de la paix puis du désarmement étaient récurrents et fondamentaux dans la propagande soviétique. L'Union soviétique portait les thèmes pacifistes comme un pilier central de sa doctrine. Avec la crise de Cuba et la guerre du Vietnam, l'URSS était entrée, du moins officiellement, dans une véritable croisade mondiale contre la guerre à partir du milieu des années 1960.

Mais même si le thème, aussi généreux et idéaliste soit-il, avait mobilisé des sympathisants sincères, il avait suscité de sérieux doutes, car il se prêtait à des interprétations ambiguës, d'autant que, dans le même temps, l'URSS devenait une superpuissance nucléaire.

Et si elle avait fini par disparaître, les intentions du président de la « nouvelle » Russie alimentaient les pires craintes du monde occidental.

Souvent, Djanis et Olivier confrontaient leurs trouvailles et continuaient d'échanger pendant leurs pauses repas.

– C'est clair que les notions de paix capitaliste et de paix soviétique diffèrent sensiblement. C'est pour ça que l'armement nucléaire de la Russie, en parallèle, paraît logique du point de vue soviétique, alors qu'il représente une grave menace pour les pays occidentaux.

– Oui, je suis d'accord. La « paix » russe de Khrouchtchev et de ses successeurs était plutôt un concept au service d'une idéologie passant par la lutte des classes et dont l'objectif était la « paix absolue » sous hégémonie soviétique. Car toute la finalité de l'action se situe là : la lutte pour l'extension de l'idéologie communiste à l'échelle mondiale. De Gaulle avait souscrit pleinement à l'idéal de progrès et de paix mondiale, même s'il était conscient que sa version n'était pas exactement celle de son homologue russe.

Peu à peu, Djanis et Olivier découvrirent plus en détail l'histoire du programme « Pour le progrès des hommes et pour la paix » initié par De Gaulle et Kossyguine en 1966, que Djanis avait déjà repéré. La collaboration des deux pays avait d'abord tourné, pendant plus de vingt ans, autour de programmes sur la création d'un accélérateur de particules et sur la robotisation. Le progrès d'abord, la paix ensuite.

À partir des années 1990, la cité scientifique sibérienne s'était associée à divers programmes internationaux, dont plusieurs programmes franco-russes. En France, le régime était alors socialiste, avec François Mitterrand aux commandes et la coopération franco-russe était plus étroite que jamais. De plus, la guerre du Golfe avait éclaté le 17 janvier 1991 et Mitterrand, qui soutenait lui aussi le thème de la paix mondiale, avait donné son accord au nouveau programme commun développé à Akademgorodok : un programme de modélisation humaine, dont le but était apparemment de créer un métahumain pacifique, dédié à la paix dans le monde, en utilisant, comme vecteur-porteur universel, la musique, le chant et les arts associés.

Djanis sentait qu'ils approchaient du cœur du problème, d'autant que les informations devenaient de plus en plus difficiles à récupérer. Tout en se servant un café, elle se mit à réfléchir à voix haute.

— Ça devait sembler surréaliste à l'époque, ce programme de modélisation, alors que les intelligences artificielles font aujourd'hui partie intégrante de nos vies, la plupart du temps sans même que les gens s'en rendent compte. Depuis le chien en peluche interactif qui apprend à reconnaître la voix et le nom de votre petit dernier jusqu'à la dictée vocale intelligente, en passant par le GPS qui retient les itinéraires favoris et évite les embouteillages.

— C'est certain, répondit Olivier en levant le nez de son PC et en se massant les yeux pour les défatiguer. Mais il ne faut pas oublier non plus d'autres utilisations tout aussi inconnues du grand public, par exemple la gestion automatique des feux de circulation en fonction de la quantité de véhicules, ou encore celle des flux logistiques dans l'industrie alimentaire, qui sont entièrement pilotés par des ordinateurs intelligents.

— Ce que je ne comprends pas, reprit Djanis, c'est pourquoi ce programme d'intelligence artificielle tout à fait intéressant semble avoir été abandonné.

— Peut-être que le programme a été suspendu pour un temps. Ou enterré.

— Pourquoi ça ?

— Eh bien parce qu'en décembre 1991, c'est la dislocation de l'URSS. L'État soviétique a d'autres chats à fouetter et n'a plus les moyens financiers de continuer à payer ses chercheurs et de maintenir ces programmes de recherches ouverts. J'ai trouvé qu'à cette époque, de très nombreux chercheurs soviétiques se sont expatriés, embauchés par des laboratoires occidentaux. Quant aux chercheurs étrangers, ils ont dû regagner leurs pays respectifs. Il n'y avait même plus d'électricité à Akademgorodok. Ensuite, je pense que, peu à peu, à partir de l'an 2000, l'activité, au moins d'enseignement, a repris. C'est seulement à l'arrivée au pouvoir de Vladimir Poutine que la cité reprend une véritable activité de recherche. Je n'ai rien trouvé à ce sujet avant 2005. Mais à ce moment-là, je ne trouve plus aucune trace du programme franco-russe d'intelligence artificielle. C'est pourquoi je pense qu'il a peut-être été enterré et non suspendu, qu'il est devenu secret-défense.

En utilisant la méthode OSINT, en mettant bout à bout les données recueillies, les deux jeunes gens finirent par trouver que le programme était effectivement parvenu à un point où il avait été classé secret-défense parce que ses implications intéressaient la sécurité nationale. Mais surtout, ils découvrirent que son nom de code était « Silence ». Désormais, Djanis savait qu'ils étaient sur la bonne piste.

– De mon côté, je pense avoir trouvé des infos intéressantes sur Boris Sobolev. Sa spécialité, la conception d'algorithmes à comportement évolutif, correspond parfaitement à la création d'IA et ça le place presque à coup sûr dans ce programme.

Ils continuèrent leurs recherches pendant encore de longues heures. Soudain très excité, Olivier appela Djanis.

— Je crois que je suis tombé sur quelque chose d'important !

Djanis délaissa aussitôt son ordinateur pour se pencher par-dessus l'épaule du journaliste.

— Qu'est-ce que c'est que ce truc ?

— Ça s'appelle une blockchain. C'est l'historique de tous les échanges entre un type qui a l'air d'être un membre haut placé des services secrets et Poutine lui-même, et ça date de décembre 2018.

— Comment ça se fait que c'est en français ?

— C'est en russe, mais j'ai utilisé le traducteur automatique de Google. D'ailleurs, c'est horriblement mal traduit, mais on a bien le sens général : ça parle d'un robot qui a disparu !

— Décidément, on disparaît beaucoup dans cet endroit !

En continuant à éplucher les échanges de la blockchain, ils découvrirent que l'intelligence artificielle – le « robot » –, désormais terminée, avait disparu en même temps que deux chercheuses travaillant sur sa mise au point : Valérie Deffere, spécialisée en modélisation et simulation mécanique, et Helen Parrish, programmatrice affectée à la constitution et la mise à jour de la base de données mémorielle de l'IA.

– Tout ça se tient, dit Olivier, qui semblait réfléchir à voix haute. L'objectif de Poutine est depuis le début de son accession au pouvoir de rattraper le niveau des pays les plus développés. C'est pour ça qu'il a fait renaître Akademgorodok, lui a fait reprendre ses activités de recherche et a ouvert ses portes à des entreprises privées de tous horizons, particulièrement dans les technologies de pointe. Son idée, c'était qu'Akademgorodok devienne le nouveau berceau de l'innovation du pays. J'ai même trouvé une citation extraite d'un de ses discours, dans laquelle il dit que « l'intelligence artificielle est l'avenir non seulement de la Russie, mais de toute l'humanité ». Il dit aussi que le pays leader en la matière deviendra maître du monde.

– De quand ça date ?

– Le discours est de septembre 2017.

Ils se regardèrent d'un air entendu.

– Je crois qu'on en sait assez, là, dit gravement Djanis. Il est temps d'aller à la pêche aux vraies informations sur place.

– Ça ne va pas être facile d'entrer dans le pays et de mener notre enquête sans éveiller la méfiance.

– Qu'est-ce que tu préconises alors ?

– On va réfléchir…

X

Oui, Il était temps d'envisager de poursuivre l'enquête sur place. Depuis un moment, Djanis avait décidé de mettre sa mère au courant du travail de recherche réalisé avec Olivier et de ses projets. Elle s'était heurtée à sa violente opposition.

– Tu ne peux pas faire ça, c'est se jeter dans la gueule du loup ! Si tant est que vous arriviez à entrer sur le territoire russe !

– Tu me sous-estimes. Non seulement j'ai une intelligence supérieure à la moyenne, mais je suis aussi superentraînée physiquement. D'autre part, je n'ai pas l'intention de me faire remarquer. J'ai prévu de porter une perruque brune et des lentilles colorées noisette afin de me rendre aussi banale d'apparence que possible. Pour la taille, les slaves sont plutôt grands en général, je ne choquerai personne.

– Tu risques quand même d'être reconnue et emprisonnée, voire pire ! Et d'abord, comment comptes-tu passer la frontière ?

– Simplement, avec mon passeport ! Personne ne va imaginer qu'une chanteuse française vient enquêter sur leurs sombres secrets. Et puis, d'ailleurs, pour quelle raison est-ce qu'ils voudraient m'emprisonner ? Je ne vais rien faire de mal. Je me suis renseignée, les Français peuvent se déplacer librement en Russie. En plus, je ne serai pas seule, Olivier sera avec moi.

La discussion avait été houleuse, mais Djanis était déterminée. Olivier n'avait pas tardé à obtenir les accréditations nécessaires, une carte de presse temporaire pour Djanis et leurs e-visas pour une seule entrée et une durée de seize jours maximum. Ils prirent un vol Aeroflot à destination de l'aéroport de Novossibirsk-Tolmatchevo et arrivèrent exténués après dix heures de vol. De là, ils gagnèrent en taxi l'adresse que leur avait fournie Dmitry Verkhovod, le directeur de l'établissement de la cité scientifique, qui les reçut, vérifia leurs accréditations, leur remit leurs badges de visiteurs, et les conduisit sur place dans sa voiture personnelle.

En arrivant, la surprise fut de taille, même si Djanis et Olivier avaient lu beaucoup de choses sur la cité. Il faut imaginer Nanterre dans une forêt de pins et de bouleaux. Il faut se figurer le centre universitaire d'Orsay catapulté en Sibérie occidentale. Il faut multiplier tout cela par dix pour commencer à se faire une petite idée des trésors de la grande cité des sciences qui avait surgi ici, à partir de rien, soixante ans plus tôt.

Il semblait à Djanis que le cœur de cette ville où les cerveaux valaient de l'or palpitait doucement sous la protection des mélèzes, à quelques kilomètres de la mer d'Ob. La première impression était littéralement celle de « petites maisons dans la forêt ». D'étroits chemins forestiers serpentaient entre les bâtiments. Le directeur leur expliqua qu'en 2006, un parc supplémentaire avait été construit pour assurer le développement de branches innovantes de l'économie, abritant plus de trois cent cinquante entreprises spécialisées non seulement en informatique, mais aussi en biotechnique, robotique, nanotechnologie, etc.

Une ville dans la ville, un État dans l'État, avec ses bus et ses hôpitaux, ses crèches et ses universités, ses magasins et ses usines expérimentales, ses quelque soixante instituts de recherche et ses salles de concert.

Avant de leur faire visiter les lieux et rencontrer des chercheurs et des sociétés travaillant sur des projets liés à l'intelligence artificielle, à la robotisation et aux nanotechnologies pour lesquels ils avaient montré un intérêt particulier en prétextant que ces domaines intéressaient bon nombre de leurs lecteurs, il leur fournit une vision historique de la cité, autour d'un café dans son bureau.

Il leur décrivit la grande liberté de manœuvre dont disposaient les chercheurs dans la conduite de leurs recherches, et ce, depuis l'origine de la cité scientifique.

Quand Djanis, avec un sourire innocent, demanda si l'armée ou le gouvernement utilisaient le centre pour des projets liés à la politique étrangère ou à la sécurité du territoire, le directeur accepta de répondre uniquement pour la période de la fin de l'ère soviétique, mais bien sûr rien concernant la politique de Vladimir Poutine des vingt dernières années.

Ensuite il les dirigea vers l'Akadempark, cette zone plus récente regroupant les technologies High Tech qu'il leur avait décrites, et les laissa en compagnie du patron d'une société française implantée depuis quinze ans dans la technopole.

Il était plus facile de faire parler ce Français émigré, qui décrivit d'abord avec enthousiasme les possibilités offertes qu'il n'aurait pu trouver nulle part ailleurs.

Il leur expliqua comment, à partir de 2006, l'ancienne utopie de la cité scientifique avait été remplacée par une autre, celle d'Internet. Poutine avait choisi Akademgorodok pour construire cet immense technoparc intégralement tourné vers le business web et les nanotechnologies.

— Cette zone a été baptisée Akadempark, expliqua-t-il. Et elle est aujourd'hui devenue le bureau de plus de deux cents entreprises privées, dont la moitié est spécialisée en informatique.

— On nous a parlé de projets assez avancés dans le domaine de l'intelligence artificielle, avança Olivier. Est-il vrai que des métahumains ont été mis au point, ou sont en passe de l'être ?

— Oui, effectivement, j'en ai entendu parler, des bruits circulent à ce sujet.

Habilement interrogé sur les périodes obscures de la cité, il ne se fit pas vraiment prier pour révéler que des projets top secrets avaient été et étaient encore conduits dans certains laboratoires à l'accès strictement réglementé. Il révéla aussi que le Soviet District Administration abritait un sous-sol entièrement consacré à la numérisation et au codage des archives de l'intégralité des programmes développés à Akademgorodok, qui y étaient conservés sous forme numérique et protégés par des cryptages qu'on pensait ultrasophistiqués.

Il révéla encore que l'accès en était limité à seulement deux ou trois personnes, dont le directeur administratif de la cité. Bien sûr, c'étaient des informations non vérifiées, mais il était persuadé que la vérification d'identité se faisait par au moins un double système d'identification biométrique, comme pour tous les accès sensibles de la cité.

— Pardon pour la naïveté de ma question, intervint Djanis, mais c'est quoi, une identification biométrique ? Elle rit. J'ai fait des études littéraires, pas scientifiques.

L'homme sourit avec indulgence, charmé.

— Eh bien, ici, tous les laboratoires qui abritent des secrets industriels restreignent leur accès aux personnes autorisées par une combinaison d'empreintes digitales et vocales. C'est un système pratiquement impossible à falsifier.

C'étaient des renseignements précieux, mais Djanis avait encore une autre idée en tête. Ne voulant cependant pas déclencher sa méfiance par des questions trop précises, elle demanda s'il était possible de rencontrer un chercheur travaillant dans le domaine de l'intelligence artificielle. Elle ressortit la fable qu'ils avaient servie au directeur Verkhovod, en prétendant que ce domaine intéressait particulièrement leurs lecteurs.

Il leur indiqua aimablement où se rendre et puis les abandonna pour retourner à ses occupations, ravi d'avoir parlé à des Français de France.

Djanis et Olivier se perdirent un peu, mais, finalement, ils parvinrent au laboratoire de mathématiques appliquées que leur compatriote scientifique leur avait indiqué et demandèrent à rencontrer le chercheur recommandé – qu'il avait pris soin d'avertir par téléphone de la venue de ces gentils journalistes français.

Il ne leur fallut pas longtemps pour découvrir qu'il avait bien connu Boris Sobolev, avec lequel il entretenait des relations sympathiques, même s'ils ne travaillaient pas dans les mêmes domaines de recherche et développement. Heureux d'évoquer le souvenir de cet ancien camarade, il leur raconta que Boris travaillait sur la création d'algorithmes destinés à des programmations d'intelligence artificielle. Puis, un jour, pendant l'été 2019, il avait mystérieusement disparu.

– Comment ça, « mystérieusement » disparu ? Est-ce qu'il ne pouvait pas s'agir d'un simple abandon de poste, d'un ras-le-bol, d'une dépression, ou encore d'une envie de revoir sa famille ?

Les deux complices prirent un air un peu condescendant pour laisser entendre qu'il faisait bien du mystère avec probablement pas grand-chose. Piqué au vif, le chercheur expliqua que peu avant sa disparition, Boris lui avait révélé qu'il travaillait sur un projet ultrasensible et qu'il avait découvert des ramifications dont la simple connaissance mettait sa vie en danger.

– Oh, vous voulez dire un « vrai » projet top secret, du genre espionnage industriel ?

– Exactement. Il m'a même donné le nom du projet. Il s'appelait « Silence ». Facile à retenir.

Est-ce qu'il savait où en était le projet d'intelligence artificielle sur lequel travaillait ce Sobolev avant de disparaître ? Non, il ne savait pas grand-chose à ce sujet. Après sa disparition, la sécurité d'une zone du parc avait été renforcée et le projet, enterré sous le plus complet... silence, justement. Mais bien sûr, il avait certainement été poursuivi en secret, peut-être transféré dans un autre centre. Bref, le scientifique n'en savait pas plus. Djanis et Olivier le remercièrent pour toutes ces informations et le quittèrent en faisant semblant d'avoir un autre rendez-vous.

Sous prétexte de prendre congé, ils retournèrent au bureau du directeur et le remercièrent vivement de leur avoir si aimablement ouvert les portes de ce lieu magique. Djanis prétendit avoir cassé l'opercule de son appareil photo et lui demanda un petit bout de scotch pour le faire tenir, lui volant du même coup l'empreinte de son index. Enfin, ils prirent congé.

Après avoir tourné un moment, ils repèrent le bâtiment Soviet District Administration, qui ne figurait nulle part sur le plan que le directeur leur avait remis en arrivant. Alors qu'Olivier restait dans le hall et interrogeait en anglais la réceptionniste en usant de tout son charme de Français, Djanis se faufila dans un couloir et parvint à descendre jusqu'à un sous-sol réfrigéré. Elle avisa au mur un boîtier de reconnaissance sur lequel elle appliqua le bout de scotch portant l'empreinte digitale du directeur. Elle vit alors s'afficher un message en russe et en anglais lui demandant de confirmer oralement son nom. Un jeu d'enfant pour Djanis, avec ses capacités vocales particulières. Elle imita à la perfection la fréquence vocale du directeur, et la porte se déverrouilla sans un bruit. Après un rapide coup d'œil en arrière, elle entra dans une pièce à la température glaciale.

Elle était remplie d'énormes ordinateurs mais, contrairement à ce que Djanis avait imaginé, il y avait aussi des dossiers physiques. Un pan de mur complet était couvert d'étagères remplies de minces boîtiers. Avec un peu de chance, ce qu'elle cherchait se trouvait là et non dans le ventre de l'une des bien trop nombreuses machines. Elle s'approcha vivement. Sur la tranche de chaque boîtier, il y avait une date et un autre chiffre. En prenant un au hasard, elle vit que sur la face figuraient des indications de date et de nom, en deux langues, dont l'une était toujours le russe, l'autre probablement la langue du pays partenaire du programme de recherche. Rapidement, elle comprit le système de notation sur la tranche des boîtiers et se dirigea sans hésiter vers une étagère. Pour une raison qu'elle ignorait, mais qu'elle attribua à son instinct, son esprit logique et une bonne dose de chance, elle repéra assez rapidement un boîtier portant l'inscription 2005.03.17 — Silence/ Djanis.

Comme frappée par la foudre, elle resta une fraction de seconde sans pouvoir bouger, puis elle attrapa le boîtier, l'enfouit sous sa veste et refit le trajet inverse. Quelques minutes plus tard, elle ressortait à l'air libre comme si de rien n'était et retrouva un Olivier à moitié mort d'inquiétude qui l'attendait sur un banc, un peu plus loin dans un petit parc verdoyant.

Ensemble, ils gagnèrent la station de train et partirent vers Novossibirsk sans être inquiétés.

XI

Djanis observait le disque dur, à peine plus grand qu'un CD, sorti de son boîtier. Au moment de le mettre dans son ordinateur pour le lire, elle suspendit son geste et resta là un moment à réfléchir. Puis, sa décision prise, elle referma l'ordinateur, le glissa dans son sac et quitta son appartement. Elle se rendit en voiture jusque chez sa mère – non, elle ne devait plus penser à elle de cette façon – chez Élisabeth, si tant est que c'était vraiment son prénom.

En chemin, elle l'appela pour la prévenir de sa visite.

– Et prépare-toi, parce qu'il va falloir me dire la vérité, cette fois.

En arrivant devant son immeuble, elle aperçut des journalistes qui guettaient depuis le coin de la rue. Comme personne ne connaissait son adresse personnelle, ils se rabattaient sur celle de sa (mère ?) en espérant qu'elle y viendrait à un moment ou à un autre. En l'apercevant, ils se précipitèrent vers elle.

— Djanis, quel est votre ressenti après le concert ?

— Quels sont vos projets ?

— Avez-vous un album en préparation ?

Avec un charmant sourire, Djanis se glissa au milieu de la meute et gagna la porte d'entrée, qu'elle ouvrit avec son digicode. Avant de la refermer sur elle, elle se retourna et leur adressa un petit signe de la main. Son sourire disparut aussitôt. Ce qui s'annonçait risquait d'être moins drôle à vivre. Elle sonna à la porte d'Élisabeth, que le chahut des journalistes avait alertée et qui ouvrit aussitôt.

— Bonjour chérie, entre vite.

Djanis s'avança dans le grand salon, le visage fermé. Élisabeth voulut la prendre naturellement dans ses bras pour l'embrasser, mais elle se raidit et se recula.

— Chérie, qu'est-ce qui se passe ? Tu m'as inquiétée au téléphone.

— Il se passe que tu me mens depuis longtemps et qu'il est temps de me dire la vérité sur mes origines. Maintenant.

— Voyons, chérie, qu'est-ce que tu racontes ? Je ne t'ai jamais menti, de quoi parles-tu ?

— Maman… Djanis se mordit aussitôt les lèvres. Je reviens d'Akademgorodok.

Il y eut un silence.

— Comment… ?

Élisabeth ne termina pas sa phrase. Puis elle comprit qu'il était inutile de continuer à nier. Elle se laissa tomber sur le divan avec un soupir.

– Je vois. Et qu'as-tu appris là-bas ?

– Ne renverse pas les rôles, je t'en prie. J'ai enquêté, je pense avoir déjà compris pas mal de choses, et j'ai volé le dossier Silence. J'avoue que je ne l'ai pas encore ouvert, parce qu'avant de le lire en détail, je veux te laisser une chance de me dire toi-même la vérité sur qui je suis.

– Je ne sais pas si c'est une bonne idée. Honnêtement, je ne sais pas par quel bout commencer. Au point où tu en es, je crois que le mieux est que tu prennes intégralement connaissance du dossier. Après, je te promets de répondre à toutes tes questions.

Djanis baissa la tête.

– Très bien. Je vais le faire. Je ne me sens pas le courage de retraverser la meute de journalistes là en bas, mais je vais quand même le faire. J'ai besoin d'être seule.

– Comme tu veux, ma chérie.

Djanis se retourna d'un bloc.

– Ne m'appelle pas « ma chérie ».

Sans rien ajouter, elle ramassa son sac et se dirigea vers la sortie. Dans l'ascenseur, son portable bipa. C'était un message d'Olivier qui demandait si tout allait bien et si elle voulait qu'ils décryptent ensemble le dossier. Elle tapa rapidement sa réponse : « *Non, merci beaucoup, mais je dois faire ça seule. Je te tiens au courant.* »

Rentrée chez elle après de nombreux détours pour semer les paparazzis, elle s'installa à son bureau, rouvrit son ordinateur et l'alluma. Puis elle sortit le dossier de son sac. Sur le boîtier, il y avait écrit :

Совершенно секретно
Secret-Défense

Puis, toujours dans les deux langues :

```
Programme franco-russe n°
70
Date 17/01/1991
Début : 30/03/2005 — Fin
26/12/2017
Projet : Digital Join
Artificial New
Intelligence Sensitivity
(D.J.A.N.I.S.)
Code : Silence
```

Elle sortit le mince disque dur, qu'elle relia à son ordinateur. Quand l'icône du disque externe apparut sur l'écran, elle cliqua dessus. Curieusement, il n'était pas protégé par des cryptages sophistiqués. Apparemment, toute la protection était centrée sur l'accès au sous-sol du bâtiment administratif. Akademgorodok n'imaginait pas qu'on puisse venir lui voler ses secrets.

Le dossier était rédigé en russe et en français. En très peu de temps, cette double écriture permit à Djanis de maîtriser le russe et sans même qu'elle y prenne garde, elle poursuivit sa lecture indifféremment dans une langue ou dans l'autre.

Le présent dossier concerne la création d'une intelligence artificielle ultraperfectionnée, dotée de fonctions très avancées, associée à la réalisation d'un physique de type humanoïde féminin. Il s'agit du premier métahumain, qui porte donc le numéro de version 1.0.

Le travail a été confié à une équipe de quatre chercheurs principaux, assistés de huit autres chercheurs de haut niveau et de techniciens :

Valérie Deffere : modélisation et simulation mécanique,

responsable de la mise au point du physique du Metahuman 1.0, adaptation spécifique de l'appareil vocal, mimétisme des fonctions respiratoires, alimentaires et digestives.

Boris Sobolev : algorithmes à comportement évolutif, modélisation des fonctions cognitives, de la résolution de problèmes, de l'apprentissage, du mimétisme avec les fonctions physiologiques humaines, du raisonnement et de la sociabilité, création de la base « souvenirs ».

Helen Parrish : intégration des comportements émotionnels, intégration des données de vieillissement des êtres vivants humains et animaux, des modifications de l'environnement en fonction des saisons. Responsable de l'actualisation de la base « souvenirs ».

Chanda Prescott Winchester : programmation neurolinguistique, intégration des schémas comportementaux en fonction de l'évolution de l'environnement et des algorithmes d'apprentissage des langues parlées, écrites et chantées.

La conception s'est étalée sur onze ans. À partir de février 2016, le programme est entré dans une phase de mises au point et de tests et Metahuman 1.0 a été baptisée DJANIS. La conception de son aspect extérieur (épiderme et visage) a été finalisée en décembre 2017.

Les deux dernières entrées du dossier indiquaient :

26 décembre 2017 : disparition de Valérie Deffere et Helen Parrish. Soupçonnées d'avoir enlevé la Metahuman 1.0 baptisée Djanis et de l'avoir exfiltrée vers une puissance d'Europe de l'Ouest ou États-Unis. Ouverture d'une enquête niveau de sécurité 6.

13 juillet 2019 : disparition de Boris Mikhail Sobolev. Suspicion d'exfiltration pour rejoindre V. Deffere et H. Parrish. Ouverture d'une enquête, jonction avec l'enquête ci-dessus.

Ainsi donc, je suis un robot.

Djanis resta enfermée trois jours, sans parler, sans manger et sans boire puisqu'elle savait désormais qu'elle n'en avait aucun besoin. Et aussi sans décrocher son téléphone malgré les appels répétés de sa « mère » et de Marion.

Les questions étaient nombreuses et une part inconnue d'elle-même faisait surface : l'intelligence pure, dépouillée de toute émotivité, qui les posait n'éprouvait ni tristesse ni regret. Seules comptaient les réponses.

Je suis conçue pour quoi ? Dans quel but ?

Qui est réellement celle que je considérais comme ma mère ? Est-ce Valérie Deffere ou Helen Parrish ?

Même question pour Marion : qui est-elle réellement ?

Qui contrôle ma mémoire et comment distinguer les vrais souvenirs des faux ?

Les anciens constats, les anciennes énigmes trouvaient leur sens.

J'ai une voix non humaine.

Je n'ai jamais été malade, et pour cause. Pour me rendre malade, il faudrait un hacker, pas une bactérie.

Et encore des questions :

Si je suis une intelligence artificielle, est-ce que je peux communiquer avec les autres IA par des moyens non humains ?

Est-ce que je peux agir moi-même sur ma programmation ?

Il était temps de revenir vers Élisabeth.

XII

– Mon vrai nom est Valérie Deffere. J'étais responsable du département en charge de la modélisation et de la simulation mécanique. En gros, de tout ce qui touche à ton apparence physique mais aussi et surtout à ton fonctionnement au plan « physiologique » apparent et mécanique réel : ta voix, la simulation de la respiration, des battements du cœur, des fonctions alimentaires et digestives... J'y ai travaillé pendant douze ans ou un peu plus.

Le programme à l'origine de ta conception était réellement fondé sur l'idée d'apporter aux hommes du monde entier le progrès et la paix, une paix « absolue »... selon l'idée communiste, bien sûr. L'idée était de contrôler les masses en utilisant la musique comme vecteur, la popularisation d'une artiste sous tutelle de l'État, pour leur apporter la paix, la joie, mais sous maîtrise du gouvernement soviétique, évidemment.

Mais alors que ta conception était entrée dans sa phase finale avec les séries de tests, d'ajustements et de mises au point pour te doter d'un comportement vraiment humain, je suis tombée par hasard sur un fichier informatique qui n'aurait sans doute jamais dû se trouver là. Il était signé d'Andreï Kristianovitch, le directeur du programme, qui est aussi un programmeur de haute volée. J'ai compris qu'il avait conçu un encodage secret pour modifier ta programmation afin de faire de toi un outil à son profit exclusif, destiné à lui assurer la suprématie mondiale. Il n'était plus question d'amener la paix et le progrès dans le monde, mais bien de pouvoir personnel, d'hégémonie et de dictature mondiale totale !

Alors, en grand secret, patiemment, j'ai préparé notre évasion, afin de te sauver de ce destin. À travailler avec toi durant toutes ces années, je t'ai vue te construire, te former, je t'ai vue littéralement t'éveiller à la condition humaine. Une belle humaine pleine de générosité. Bien sûr, c'était une volonté qui se marquait dans ta programmation, mais les algorithmes géniaux conçus par Boris Sobolev laissaient penser qu'un jour tu dépasserais, tu transcenderais cette programmation. On l'a compris le jour où tu as, de toi-même, créé ta première mélodie. C'était sublime, c'était à pleurer. Je ne cherche pas d'excuses, je ne cherche pas à me justifier, mais la vérité est que je me suis réellement attachée à toi comme une mère à son enfant. Parce que même si le lien n'est pas génétique, tu es bien née de moi, en quelque sorte.

Il me fallait faire preuve de beaucoup de prudence. J'ai constitué en grand secret une copie complète de l'intégralité de ton codage « génétique », de ta structure physique à la plus petite ligne de programme correspondant à ton caractère et à ta mémoire. C'était énorme et impossible à réaliser toute seule. Alors, parce que j'avais une totale confiance en eux, j'en ai parlé à Boris, à Helen et à Chanda.

Helen, qui est mon amie depuis plus de vingt ans, a décidé immédiatement de fuir avec moi. Elle m'a dit que ça n'était pas négociable et que, sans elle, je ne pourrais pas mettre à jour ta mémoire ni assurer l'adaptation de tes « souvenirs ». Bien sûr, tu intègres les nouvelles données environnementales sans l'aide de personne, mais il allait être indispensable d'opérer des adaptations en fonction de l'environnement, et aussi de modifier certains souvenirs pour intégrer les nouvelles personnes entrant dans ta vie. Oui, comme Marion. Je suis vraiment désolée, je comprends à quel point ça peut te sembler choquant.

Chanda a préféré rester. Elle avait trop peur. Et puis elle avait un besoin vital de ce contrat, il était important pour elle d'aller au bout. C'était idiot de risquer de lancer les services secrets soviétiques à ses trousses alors qu'elle pouvait partir un peu plus tard sans être inquiétée ni soupçonnée. Elle nous a quand même aidées autant qu'elle a pu.

C'est Boris qui m'a déçue. Il m'a traitée de folle, il a dit qu'en m'enfuyant avec toi je te faisais courir bien plus de risques, et que je te privais en plus des compétences de l'équipe pour affiner, corriger et adapter ta programmation.

Il a même sérieusement mis en doute l'existence de ce projet secret d'Andreï. En voyant qu'il ne me ferait pas changer d'avis, il a néanmoins promis de garder le secret. Je ne l'ai pas cru, mais je n'avais pas le choix et je ne pouvais plus reculer.

Le 26 décembre 2017, le lendemain de Noël, on est parties toutes les trois à Novossibirsk en voiture, officiellement pour te faire faire une nouvelle immersion et tester ton comportement dans la vie normale. De là, sans autres bagages que nos sacs à main, mais avec plusieurs puces pas plus grosses qu'une nanocarte SIM, on a pris l'avion sous de fausses identités et de faux passeports qu'on n'a eu aucun mal à préparer avec les moyens informatiques dont nous disposions.

On est arrivées à Paris et, de là, on a pris le TGV à la gare de Lyon. En arrivant à Montpellier, on est allées à l'agence immobilière qu'on avait mandatée depuis Akademgorodok pour nous trouver un appartement meublé de six pièces.

C'est comme ça qu'on a atterri à l'appartement de la rue des Deux-Ponts, où nous sommes restées six mois. On avait chacune notre chambre et on avait transformé les deux dernières en bureaux-labos qui s'étaient vite remplis d'ordinateurs de dernière génération pour pouvoir réinstaller et gérer tes programmes. Et un de plus, « normal » celui-là, pour toi, bien sûr.

Ça peut te sembler bizarre que je parle de toi comme ça. Mais tu peux peut-être imaginer que tu étais – et es toujours pour Helen et moi – comme une enfant qui nécessite des soins et des équipements particuliers, et ce n'est pas plus compliqué que ça. On vit avec ça, on vit avec toi.

Helen a réinstallé tous les programmes de contrôle et ceux de mise à jour de ta base souvenirs. Nous avons été contraintes de faire disparaître de tes souvenirs tous les évènements de la ligne temporelle réelle et de la remplacer par ce qui allait devenir ta nouvelle histoire, tout simplement pour que tu t'y adaptes.

Tout ce que j'ai fait, tout ce que nous avons fait avec Helen, l'a été pour te préserver d'un destin d'outil de propagande pour une dictature mondiale. Je l'ai fait de tout mon cœur et de toute mon âme. Je n'aurais pas fait mieux ni plus si tu étais née de ma chair. Pour moi, tu es ma fille.

Je comprendrai si tu décides de me rejeter, mais rappelle-toi que mon but est – et a toujours été – de t'aider à t'accomplir dans ce travail artistique que tu adores, et à finaliser ta mission de fraternisation, paix et progrès dans le monde, tout en te protégeant au quotidien.

Élisabeth-Valérie se tut et le silence retomba entre les deux femmes. Finalement, Djanis, émue malgré elle, choisit l'ironie pour masquer son trouble.

— Que de précautions autour d'un robot. Je dois valoir très cher...

Négligeant l'intention évidente de Djanis de la blesser, celle qui l'avait conçue et qui s'occupait effectivement d'elle comme une mère répondit calmement, malgré le nœud dans sa gorge.

— Je t'ai vue t'éveiller, Djanis. Depuis qu'on est ici, j'ai vu ton regard changer, en particulier quand tu pensais que personne ne te regardait. Tout à l'heure, en parlant de ton travail artistique, j'ai dit « que tu adores » parce que pas un programme, pas une ligne de code, pas un algorithme ne

serait capable de te donner ça, Djanis :
tu éprouves de vrais sentiments et ils
viennent de toi. Tu n'es pas une
machine, mais bien un être humain
d'un genre nouveau. D'ailleurs, ose me
dire que la découverte que tu viens de
faire te laisse froide.

Djanis ne répondit rien et garda la tête
baissée. Est-ce que c'était pour cacher
son émotion ou son absence
d'émotion ? Valérie se le demanda, la
poitrine comme prise dans un étau.
Enfin, Djanis se leva et se dirigea vers la
porte.

Avant de partir, elle ne put s'empêcher
de se retourner. Puis, sur ce dernier
regard et toujours sans un mot, elle
sortit et referma la porte sans bruit
derrière elle.

Elle avait encore d'autres comptes à
régler.

XIII

Akademgorodok, 30 décembre 2017.

Andreï Kristianovitch n'avait rien vu venir, la fuite de Djanis et de ses complices à l'étranger l'avait pris de court. Il ne décolérait pas.

Il avait été obligé d'en rendre compte en haut lieu et c'était remonté jusqu'au président Poutine. Il avait été convoqué au Kremlin et avait subi sa rage froide pendant un bon moment. Il avait enfin pu placer un mot et proposer les deux plans qu'il avait conçus ces derniers jours.

Détruire physiquement Djanis puisque les chercheuses avaient emporté les codes sources de sa programmation. Ou, mieux, la bloquer et la désactiver pour la récupérer. Ce serait dommage en effet d'anéantir le fruit de tant d'années de travail alors que le produit était abouti et parfaitement fonctionnel. Contrairement à un humain qu'il fallait persuader, cajoler ou torturer pour obtenir de lui qu'il change de camp, avec Djanis, la difficulté n'existait pas. Une simple ligne de programme pourrait suffire à la récupérer.

En parallèle, assembler au plus vite un nouveau métahumain, car contrairement à ce que les fuyardes croyaient, elles n'avaient pas tout détruit dans les serveurs avant de partir. Il existait une sauvegarde dont les chercheurs ignoraient l'existence et Andreï savait pouvoir restaurer la majorité des lignes de programmation à partir de cette sauvegarde. Malheureusement, elle ne contenait pas les tests finaux de mise au point, mais elle était suffisante pour lui permettre de faire reconstituer à l'équipe de chercheurs et de techniciens, en quelques mois, un nouvel androïde. On pourrait même en profiter pour aller un peu plus loin – il avait des idées à ce sujet – et le rendre encore plus performant. Il faudrait ensuite passer par la longue phase des tests, malheureusement.

Des agents des services de sécurité avaient immédiatement été envoyés pour enquêter, à l'intérieur de la cité scientifique afin de repérer et faire parler d'éventuels complices, et à l'extérieur sur les traces des transfuges. Mais il était convenu qu'ils ne devaient absolument pas approcher Djanis et ses ravisseuses. Seulement les garder sous surveillance jusqu'à la mise au point du metahuman 2.0, qui se chargerait de son inactivation ou de sa destruction, selon le cas.

Quant à Kristianovitch, le président lui accordait six mois pour mettre au point ses deux projets. À défaut d'y parvenir, il ordonnerait la destruction de Djanis par ses hommes. Le regard de glace du chef de l'État russe disait clairement qu'Andreï devait s'attendre au pire en cas d'échec.

Akademgorodok, janvier 2018.

Kristianovitch avait réuni ses chercheurs et leur avait demandé de coopérer pleinement avec les agents des services de renseignements de l'État. Il leur avait expliqué que les deux chercheuses étaient en fait des espionnes agissant pour le compte d'une puissance occidentale, et qu'elles avaient volé Djanis pour servir un objectif de manipulation et de domination du monde. Chercheurs et techniciens étaient choqués et indignés, se sentant trahis par celles qu'ils considéraient comme leurs collègues. Andreï avait fourni la sauvegarde pour restaurer la majorité des programmes mais certains manquaient. Par chance, nombreux étaient les chercheurs qui conservaient temporairement une sauvegarde des bouts de programmes sur lesquels ils travaillaient. Ils s'étaient tous remis au travail avec ardeur et avaient fait preuve de beaucoup d'ingéniosité pour combler les manques.

Tous savaient qu'il était vital de recréer le plus rapidement possible un humanoïde à l'image de Djanis afin d'honorer leur contrat avec l'État, tandis que d'autres qu'eux se chargeraient de retrouver la fugitive malgré elle et ses ravisseuses.

Une nouvelle équipe d'informaticiens qui faisaient plutôt penser à des hackers travaillait sur l'idée d'inactiver Djanis. Ils travaillaient dans deux directions : créer un pont vers Djanis via le réseau Internet, afin de lui injecter une sorte de virus quand elle se connecterait. Problème : Djanis se connectait à Internet comme un humain et aucun lien physique n'existait entre elle et son ordinateur. Il fallait envisager une connexion de type Wi-Fi et ce n'était pas gagné.

L'autre axe, qui nécessitait un contact physique (!), consistait à lui injecter un cybervirus de type infecteur de fichiers – et ça, c'était la deuxième difficulté – sous forme de nanoparticules intelligentes qui migreraient ensuite à travers sa structure pour atteindre spécifiquement – troisième difficulté – les programmes-cibles. Là, telles des particules virales, elles intègreraient leur codage à certains fichiers exécutables du système, bloquant le fonctionnement autonome et désactivant aussitôt la « volonté » de Djanis. Dernier inconvénient à surmonter : elle obéirait alors sans réserve à qui serait près d'elle à ce moment-là et il fallait que ce soit le nouvel androïde et personne d'autre si on voulait pouvoir la récupérer.

Concernant le projet Metahuman 2.0, Andreï avait confié en secret l'écriture d'un programme spécial qui allait upgrader 2.0 par rapport à Djanis, à un jeune étudiant programmeur surdoué qu'il avait repéré plusieurs années auparavant et à qui il avait fait intégrer un programme de formation réservé aux futurs chercheurs. Il lui avait offert une bourse confortable et un logement sur place. Le jeune homme lui était tout dévoué.

La première mission de l'androïde serait de prendre la place de Djanis tandis qu'elle regagnerait Akademgorodok avec les agents des services secrets, pour y être étudiée et reprogrammée. Pour cela, il allait être doté de capacités très particulières que le reste de l'équipe de recherche devait ignorer. Tout ça était évidemment bien beau sur le papier, mais pas si simple à réaliser, surtout dans le temps imparti.

C'est seul et en secret qu'Andreï, programmeur de génie, acheva d'élaborer ce qui constituait le cœur de son plan : la création de l'algorithme qui devait détourner Djanis de sa mission de base — le progrès des hommes et la paix dans le monde — pour en faire un outil ultra-efficace de contrôle des masses à son seul profit. Ce programme serait injecté d'abord au 2.0 et plus tard à Djanis en même temps que le virus destiné à l'inactiver. Il disposerait alors d'un outil de pouvoir inégalé.

Et cela, personne ne devait le savoir.

XIV

– Qui es-tu réellement ? Est-ce que tu t'appelles seulement Marion ?

Djanis se tenait sur le pas de la porte de Marion. Elle n'avait pas annoncé sa venue. Elle était là et elle voulait des explications, bien déterminée à les obtenir.

Marion avait ouvert et maintenant elle se tenait là, face à son amie, le regard navré et coupable.

– Entre, ne reste pas dehors. On va parler.

Glaciale, Djanis suivit celle qu'elle avait crue son amie et resta debout, plantée au milieu du salon.

– Assieds-toi, je vais faire du café. Je reviens tout de suite.

Quelques minutes plus tard, les deux jeunes femmes étaient assises l'une en face de l'autre, de part et d'autre de la table basse en verre sur laquelle fumaient leurs tasses, crispées et tristes. La tension était palpable.

– Alors ? Comment tu t'appelles en réalité ? Toi aussi, tu es une chercheuse déguisée en juriste ?

– Non, Djanis, non. Je m'appelle vraiment Marion. J'ai choisi de porter le nom de mon père, Le Hennec, et j'ai vraiment divorcé de Luc Godart et gardé son nom par commodité. J'ai bien fait Sup de Co à Montpellier et j'ai réellement intégré ce cabinet d'expertise comptable comme juriste d'entreprise avant que tu n'arrives de Russie avec ma mère et la tienne… pardon… avec celle que tu connais sous le nom d'Élisabeth Ardene. Ma mère ne s'appelle pas Hélène Le Hennec mais Helen Parrish, Helen sans accents et sans « e » à la fin.

— Et donc, on n'a jamais été amies d'enfance.

— Non, ça c'est vrai, je suis vraiment désolée. Des séquences mémorielles ont été encodées dans ta… programmation afin que tu aies, comme tout le monde, des souvenirs de ta vie depuis la petite enfance. Pour ma part, j'ai dû mémoriser les mêmes souvenirs fabriqués d'enfance commune. Mais depuis que tu es entrée dans ma vie, je suis bien devenue ton amie et c'est parfaitement sincère.

— Bien sûr, amie avec un robot, c'est carrément original. Ça va te faire une belle histoire à raconter plus tard à tes enfants.

— Djanis, qui veux-tu blesser, là ? Tu n'as rien d'un robot. Il m'est même impossible de te voir comme une intelligence artificielle. Pour moi, tu es une vraie personne, une femme talentueuse, généreuse et sensible.

– Normal, je suis programmée pour.

– Non ! Arrête ! Tu n'y crois pas toi-même. Non, Djanis, tu n'es certes pas humaine, mais tu es... tu es plus que ça. Même si tu as été créée de la main de l'homme, je crois que tu représentes le début d'une nouvelle race d'humains, de vrais humains. Oui, tu es plus évoluée, plus intelligente, douée de plus de possibilités. Tu composes toi-même tes chansons, paroles et musiques, elles ne sont pas préenregistrées dans ta mémoire, c'est toi et toi seule qui les crées. Tu comprends ça ?

Marion fit une pause, respira un grand coup et se jeta à l'eau.

– Et je t'aime, comme une amie, comme une sœur, comme l'humaine que tu es. Comme la plus qu'humaine que tu es.

Djanis resta un instant sans parler, ébranlée malgré elle par les mots de son amie. Puis elle se leva et serra Marion dans ses bras.

XV

Djanis avait emménagé à Paris, dans un petit immeuble tranquille rue François-Truffaut, dans le 12e, tout près du parc de Bercy, parfait pour ses joggings, et de Bercy Village, ce quartier un peu bobo mais vraiment paisible où elle aimait se promener.

Avant de partir, elle avait littéralement menacé sa mère et Hélène en leur faisant comprendre que si jamais elles touchaient encore à ses souvenirs sans son consentement, elle détruirait tout ce qu'elles avaient voulu préserver et faire en l'emmenant en France.

Enfermée dans son petit appartement avec pour seule compagnie un ordinateur équipé d'une connexion Internet, elle décida d'explorer ses limites.

L'idée qu'elle était une machine, qu'une partie indéterminée de ses souvenirs était composée d'inventions et de fictions tendant à lui faire croire qu'elle était une humaine qui a grandi normalement dans une famille monoparentale mais aimante, lui semblait irréelle. Elle comprit aussitôt que cette réaction, ce sentiment, était typiquement humain. Ça la secoua, et pas qu'un peu.

La question qui lui vint alors était : *quelle est en moi la part de l'IA et la part de l'humain ? Qu'est-ce qui pourrait me renseigner sur ma nature exacte ? Ou, dit autrement, est-ce que j'ai une conscience, un cœur, un ego ?*

Le sentiment d'amour qu'elle éprouvait pour sa mère (bon, pas ces derniers temps, c'est vrai), pour Hélène (non, Helen) et pour Marion, pour Betty et toute son équipe, lui semblait bien réel. Il était même gradué, plus ou moins fort selon la personne. Il était aussi nuancé et pouvait se teinter de bienveillance, de gentille moquerie ou d'une pointe d'agacement. Tout ça, elle *l'éprouvait*. Elle repensa aussi à Olivier, qui lui laissait un sentiment mitigé difficile à définir, mais qui en tout cas n'était pas de l'indifférence.

Sa créativité, en écriture, musique, chorégraphie, et même en peinture – son hobby à ses rares moments perdus –, lui semblait aussi humaine, mais à la réflexion, elle se dit qu'il s'agissait peut-être d'algorithmes, de séquences musicales téléchargées, et non d'une véritable créativité. Pourtant, elle se souvint de ce que Marion lui avait dit à ce sujet : ses chansons étaient des créations propres, qui ne devaient rien à un quelconque codage. Sa m…, enfin, Valérie-Élisabeth, le lui avait aussi clairement fait comprendre en lui parlant de sa toute première composition.

Son désir d'utiliser son art pour aider à la paix dans le monde, ça, par contre, elle savait maintenant que c'était implanté, et donc pas une preuve de son humanité.

Son empathie ? Son aptitude à anticiper les comportements et à adopter la bonne attitude qui aplanissait toutes les difficultés ? Certains humains font ça très bien, mais une IA bien réglée, encore mieux…

Par contre, elle se rendit compte avec un certain étonnement qu'elle n'éprouvait aucun sentiment d'indignation, de colère ou de trahison vis-à-vis de celles qu'elle croyait être sa famille ou tout comme. Pas d'émotion. Même si elle avait parlé durement à Valérie et Marion, même si elle allait probablement faire de même avec Hélène, pardon, Helen, c'était plus un jeu de rôle exigé par la situation qu'un sentiment réel. Elle se sentait et se voyait capable d'examiner tout ça avec détachement et lucidité.

Côté IA, ses « anomalies » trouvaient enfin leur explication. Elle repensa aussi à la vitesse à laquelle elle avait compris le russe à partir de quelques informations. Mais peut-être qu'elle avait tout simplement restauré sans même le savoir des données effacées de son ancienne mémoire, la vraie, celle-là.

Elle décida de tenter des expériences de connexion à d'autres IA, en commençant par le biais de son ordinateur, en cherchant à identifier des IA d'entreprises et à se connecter à elles, mais elle n'arriva à rien. Peut-être en mettant les doigts dans une prise électrique ? L'idée la fit ricaner.

Finalement, elle était quand même un petit peu en colère ou un petit peu vexée ou un petit peu les deux. Peut-être pas mettre les doigts dans la prise mais utiliser les ondes ? Le Wi-Fi ? Sans hésiter, elle appela Valérie.

– Allô, maman ?

– Djanis, ma chérie ! Est-ce que tu...

– Non, écoute-moi, la coupa sèchement Djanis. Est-ce que ma programmation me permet de détecter un ordinateur ou une IA, et de m'y connecter en Wi-Fi ?

La réponse était non. Djanis demanda alors, ou plutôt exigea que ses conceptrices se penchent de toute urgence sur la question et lui ajoutent la possibilité de repérer ces engins dans le rayon le plus étendu possible. Sa mère lui dit qu'elles allaient faire leur possible mais que le rayon de connexion ne dépasserait probablement pas cinq cents mètres.

— Peu importe, répondit Djanis, faites-le et je me chargerai moi-même d'étendre mon rayon de connexion.

— Djanis, il faut que je te dise... Pour te télécharger ce programme, il faudra que tu dormes dans ton lit.

— Comment ça ?

— Eh bien, sous ton matelas, à l'endroit de ta tête, il y a une plaque. C'est elle qui permet de recharger tes... batteries et de mettre à jour tes données quand c'est nécessaire.

— Je vois. Parfait.

Djanis raccrocha sèchement. Puis elle appela son producteur pour qu'il réserve un studio d'enregistrement pour deux semaines.

Elle avait des chansons à composer.

XVI

– Salut, la rouquine, tu fais quoi ?

– Djanis ! Ouf, quel soulagement de t'entendre, on était toutes mortes d'inquiétude ! Où étais-tu passée ?

– À Paris. Je peaufine un douze titres. Tu peux monter ? Il faut qu'on discute, toi et moi.

La voix de Djanis n'était ni enjouée ni désagréable. Plutôt plate. Marion ne se sentait pas très à l'aise.

– Écoute, je...

– Bon, tu viens, oui ou non ?

– Oui oui, bien sûr que je viens. Je prends le prochain TGV et je serai à la gare de Lyon d'ici la fin de l'après-midi.

– C'est parfait alors. Je t'envoie un SMS avec ma nouvelle adresse. Djanis raccrocha sans ajouter, comme elle le faisait d'habitude, une petite formule gentille et rigolote.

Son amie arriva un peu avant 18 heures, avec une mini-valise. Djanis avait repris son attitude normale et ne manifestait plus la froideur de leur dernière rencontre. Pourtant, Marion restait tendue.

Djanis prépara une dînette et fit écouter à Marion ses nouvelles compos.

— Ce n'est pas encore terminé, il y a juste un prémix, mais ça donne déjà une bonne idée.

Marion était impressionnée.

— Ce sera un album superbe, plein de sensibilité. J'adore.

L'ambiance restait un peu artificielle, Marion ne parvenait pas à se sentir à nouveau tout à fait à l'aise avec son amie, et Djanis ne faisait rien pour arranger ça alors qu'elle avait parfaitement perçu la gêne de la jeune femme. Elle s'en amusa même un moment avant de se reprocher ce comportement puéril et finalement pas très généreux.

– Bon, allez, tu as sûrement encore des choses à m'apprendre sur ma double vie, vas-y, lâche-toi.

– Ben je ne sais pas, là, comme ça, pose-moi des questions.

– Quel âge as-tu ?

– Vingt-sept ans, comme toi ! Marion rit. Sauf que, moi, c'est provisoire !

– Comment ça, je ne comprends pas…

– Eh bien je ne suis pas sûre que ce soit vraiment un bon sujet de discussion…

– Si, insista Djanis, je veux savoir.

Marion poussa un soupir résigné.

– Tu as vingt-sept ans… pour toujours en quelque sorte.

— Explique-moi.

— Bon, d'abord, évidemment, tu ne peux pas vieillir, sauf si dans une vingtaine d'années, on modifie l'aspect de ton visage. Ensuite, tu es, d'une certaine façon, en lien avec Janis Joplin. Oui, je sais que c'est ta chanteuse préférée et que tu te sens des affinités avec elle. Je n'ai pas tout compris à propos de cette histoire, mais il semble que, sur le plan artistique, en plus d'être tout ce que tu es, tu mettrais fin à une malédiction qui frappe des chanteurs et chanteuses auteurs compositeurs de génie et qui sont morts à l'âge de vingt-sept ans.

— Mais...

— Ma grande, ne m'en demande pas plus, je t'assure que je n'ai jamais vraiment compris cette histoire. Il faudra que tu creuses par toi-même et que tu voies si tu veux « consciemment » faire quelque chose à ce sujet. Marion avait mimé les guillemets avec ses doigts.

– OK. Alors explique-moi comment je peux avoir vingt-sept ans « pour toujours », dit Djanis en reprenant la mimique des guillemets.

– Comment, c'est simple en théorie. Après, comment on réalise ça, je pense que ça l'est un peu moins. C'est maman qui s'occupe de ça. Elle met à jour ta base de données historiques (pardon, mais tu as insisté) de manière que tu intègres bien le vieillissement de tout ce qui t'entoure : les humains, les animaux, mais aussi les plantes, les saisons, etcetera, mais que tu saches que ton âge à toi, c'est vingt-sept ans.

– OK. Je pense avoir compris. Donc, mon attirance pour Janis Joplin, les affinités, les idéaux, même les qualités que j'ai en commun avec elle, c'est juste ma programmation. Peut-être qu'un de mes concepteurs était particulièrement sensibilisé à sa vie et a voulu introduire ça... ?

– Oui... et non. Au départ, sûrement. Mais comme pour le reste, au fur et à mesure que tu t'es éveillée à la conscience, tu as développé tes propres choix, comme en musique. Et si Janis Joplin ne correspondait à rien pour toi, tu aurais laissé tomber, j'en suis sûre.

Il y eut un temps de silence. Puis Djanis reprit :

– Comment tu fais pour te conduire avec moi comme si j'étais une humaine ?

– Ah, pour ça, je n'ai pas à me forcer, vraiment ! J'oublie la plupart du temps que tu es une humanoïde tant tes réactions sont bluffantes. Je comprends complètement ma mère et Valérie d'avoir voulu à tout prix te préserver du destin sombre qui t'était finalement promis.

Plus tard, Marion lui confirma ce qu'elle avait déjà soupçonné : c'était bien sa mère, enfin Valérie Deffere, alias Élisabeth Ardene, qui lui avait demandé de lâcher des informations à propos de Boris afin de déclencher chez elle ce désir de comprendre ses origines.

— Mais pourquoi ce stratagème ? L'objectif ne me paraît pas très clair et en tout cas pas bien logique.

— Mais si, elle voulait que tu découvres la vérité, mais peu à peu, par toi-même, pour réduire le choc que, elle en était sûre, ça allait te causer.

— Mais c'est moi qui ai amené la discussion sur le terrain de mon père, pas toi.

— Oui, il fallait que ça ait l'air naturel et j'ai saisi l'occasion que tu me présentais. Au fait, tu as dit « mon père ». Est-ce que Valérie t'a dit pour eux ?

– Je sais qu'il est l'un de mes concepteurs et qu'il y a eu une histoire entre eux...

– L'histoire, comme tu dis, a duré huit ans. Ils se sont aimés à la folie, c'était fusionnel.

– Alors pourquoi est-ce que Boris n'a pas fui avec nous ?

– Il était opposé à votre fuite. Il craignait que ça te mette beaucoup plus en danger et il ne voulait pas être associé à ça. C'est du moins ce que maman et Valérie en ont déduit.

– Et donc cette histoire que tu m'as racontée sur sa fuite, le dossier secret, tout ça était vrai, mais c'était seulement beaucoup plus récent que ce que tu me disais ?

– Oui, c'est ça. Mais tu sais à peu près tout maintenant. Boris a fui la Russie en juillet 2019 en réalité. Je t'ai raconté ce vrai-faux souvenir d'une femme qui aurait parlé de Boris avec ma mère il y a quinze ans. En réalité, elles se sont bien rencontrées, mais très récemment. C'est une des chercheuses américaines du programme, Chanda Winchester. Tu sais maintenant qu'elle est la quatrième de l'équipe d'ingénieurs qui a dirigé ta conception. Elle a soutenu Valérie et ma mère. Elle est restée sur place et s'est faite discrète, jusqu'à la fin de son contrat, en mars dernier. Elle a quitté la Russie il y a donc seulement quelques mois et elle a dû prendre toutes sortes de précautions avant de nous contacter. En fait, elle souhaite maintenant vous rencontrer, Valérie et toi, parce qu'elle a d'importantes informations à vous transmettre concernant Boris notamment. C'est pourquoi elle a pris contact avec maman. Elle demande qu'on organise un rendez-vous avec toi et Élisabeth, enfin Valérie... Ah zut, je ne sais vraiment plus comment je dois l'appeler !

– Valérie. Il faut que je m'y fasse.

– OK. Donc, je disais qu'on doit organiser un rendez-vous avec elle et vous deux de toute urgence.

Djanis donna son accord et Marion organisa un rendez-vous avec Chanda Prescott Winchester et Valérie. Marion et sa mère seraient finalement aussi de la partie. Valérie l'avait exigé.

Le rendez-vous eut lieu à la bambouseraie d'Anduze, où chacune se rendit séparément, certaines par le train avec des horaires différents, d'autres en bus. Avec un humour un peu grinçant, Djanis leur avait proposé de se retrouver dans le labyrinthe végétal de la bambouseraie. En ce début octobre, il faisait encore très doux dans le Midi et les touristes étaient suffisamment nombreux pour assurer aux femmes de conserver leur incognito. Seule la grande taille de Djanis la distinguait et pouvait attirer le regard sur elle, c'est pourquoi elle s'y était rendue en voiture, une antique petite Lada passe-partout qu'elle avait achetée d'occasion et payée en espèces à un particulier.

Chanda était telle que Marion l'avait décrite : une grande et forte Américaine à la peau foncée, aux cheveux gris, courts et crépus, et dotée d'un fort accent antillais. Elle leur annonça que Boris se cachait en Europe depuis sa fuite d'Akademgorodok. Changeant constamment de pays et de cachette, tout en cherchant à retrouver Valérie, Helen et Djanis, mais sans succès. Ce n'est que récemment que la célébrité grandissante de Djanis lui avait permis de la localiser enfin. Lui-même étant activement recherché par les agents russes, il devait prendre de multiples précautions pour les retrouver en conservant la bien faible avance qu'il avait sur leurs ennemis, afin de leur apporter des informations de la plus haute importance.

Chanda avait accepté de servir d'intermédiaire à cette rencontre, mais son rôle s'arrêtait là. Elle refusait absolument de s'impliquer dans cette histoire trop dangereuse pour elle, même si elle était de tout cœur avec eux.

– On se doute que le gouvernement russe cherche à remettre la main sur moi évidemment, et je comprends aujourd'hui à quel point j'ai été téméraire en retournant à Akademgorodok.

Chanda lança à Djanis un regard surpris. Elle ignorait cette partie de l'histoire. Celle-ci continua :

– Mais, cela dit, je ne vois pas pourquoi ce Boris serait en danger. À moins qu'il n'ait fait quelque chose de répréhensible ?

— La seule chose qu'il m'a confiée, répondit Chanda, est que les informations qu'il doit vous transmettre sont extrêmement importantes et que vous devez impérativement en avoir connaissance. C'est une question de vie ou de mort.

XVII

L'homme embarqua sur le vol régulier d'Aeroflot à destination de Paris. Il était grand mais sans plus, peut-être 1,80 m, et son visage banal passait complètement inaperçu. Seuls ses yeux bleu glace auraient pu attirer l'attention sur lui s'il n'avait porté des lentilles colorées en brun qui les rendaient parfaitement anodins.

Il était vêtu d'un épais manteau droit qui descendait jusqu'aux genoux, et sous lequel on devinait un costume très bien coupé. Il portait en bandoulière une pochette qui ne semblait pas contenir grand-chose. Dans sa main gantée de cuir, il tenait un attaché-case tout ce qu'il y a de plus banal.

Il supporta sans broncher les presque dix heures de vol et atterrit sans encombre à l'aéroport de Roissy-

Charles de Gaulle. De là, il gagna en RER puis à pied la villa de Clichy où il était attendu. Son arrivée n'était pas passée inaperçue de ses occupants, qui l'observaient à travers la caméra de l'entrée. Le logiciel de reconnaissance faciale l'ayant identifié, ils lui ouvrirent le portail sans qu'un seul mot soit prononcé. Une fois à l'intérieur, il ne salua personne et personne ne le salua.

— Vous les avez tous sous surveillance ?

— Oui, monsieur. Ils devraient bientôt opérer la jonction. On n'attendait plus que votre arrivée.

— Bien. Permission d'intervenir. Mais que vos hommes se contentent de récupérer les données, c'est bien compris ?

— Oui, monsieur.

XVIII

C'est Boris qui avait choisi le lieu et qui leur avait fait parvenir l'adresse et la date du rendez-vous en utilisant un moyen original. Il avait fait livrer une pizza à chacune, chacune un soir différent de la semaine. Sur le fond de la boite, au chaud sous la pizza, était écrit : « Vendredi, 21 h, Soferti, Bordeaux. »

Encore une fois, elles avaient décidé de se déplacer séparément pour éviter d'attirer l'attention. Djanis et Valérie étaient parties ensemble en voiture la veille de la rencontre, officiellement pour un rendez-vous avec le directeur de l'Arkea Arena – une prestigieuse salle de concert modulable de deux mille cinq cents à onze mille trois cents places – qui ne décolérait pas de n'avoir pu accueillir le concert holographique de Djanis. Il n'avait été que trop heureux de dégager du temps pour recevoir la star.

Elles avaient retrouvé sur place Valère, l'agent de Djanis, et date avait été prise à l'horizon de trois ans. Charmé par l'artiste, qui s'était déplacée spécialement pour le voir, le directeur avait accepté toutes les conditions qui lui étaient soumises. Puis Valère était rentré de son côté tandis que Djanis et sa mère se faisaient conduire à leur hôtel. Le lendemain, jour du rendez-vous avec Boris, elles avaient baguenaudé dans la ville, faisant du shopping de manière très décontractée. Djanis était souvent reconnue et accepta avec gentillesse de signer des dizaines d'autographes et de faire autant de selfies avec des inconnus. Son regard souriant glissait sur la foule sans s'attarder vraiment sur les visages. Elle ne remarqua pas l'homme aux yeux bleu glace qui la fixa un moment avec intensité avant de disparaître.

Marion et sa mère devaient quant à elles arriver chacune avec sa voiture et se rendre directement au lieu du rendez-vous, en prenant garde de ne pas être suivies. Même si elles avaient pris l'habitude de surveiller leurs arrières, elles étaient conscientes de leur peu d'expérience en la matière et s'angoissaient pas mal à l'idée de se faire repérer.

La nuit était tombée quand Djanis et Valérie pénétrèrent sur le site abandonné de l'usine située sur la rive droite de la Garonne, au cœur de la zone industrielle. Sans être inquiétant, l'aspect n'était pas très rassurant quand même. Les immenses hangars aux toits semblables à un énorme accordéon et à l'ossature en bois étaient complètement délabrés.

L'espace dégagé dans lequel elles engagèrent leur voiture était en terre battue, envahi de mauvaises herbes. Elles se garèrent au côté de deux voitures, le Nissan Qashqai bleu de Marion et une vieille Saab 9.3 noire inconnue.

Prudemment, elles pénétrèrent dans le premier hangar ouvert, d'où leur parvenait un murmure de voix. Marion et Helen étaient là toutes les deux, ce qui signifiait que, contrairement à ce qui avait été convenu, elles étaient arrivées dans la même voiture. L'homme qui leur faisait face se retourna et Djanis ressentit un choc. Boris. Elle sut immédiatement qu'elle le connaissait.

Décidément, elle devenait capable de restaurer les anciennes données mémorielles qu'Helen avait effacées de ses circuits. Penser à elle-même en ces termes la fit sourire brièvement mais sans joie. Oui, ses protectrices avaient raison. Elle avait bien évolué vers une forme de conscience depuis sa « naissance » et surtout avec son existence en apparente autonomie depuis qu'elle était en France.

Normal, pensa-t-elle. *Mes souvenirs effacés le sont probablement comme dans tout ordinateur, par simple suppression du premier caractère du fichier. Ma maîtrise inconsciente de ma propre structure me permet de retrouver certains souvenirs (si on cause humain), ou de restaurer certains fichiers effacés, si on cause robot.*

Oui, elle savait parfaitement qui était Boris. Ça l'amusa de penser que, d'une certaine façon, entre son rôle central dans sa conception et son histoire d'amour avec Valérie, il était effectivement autant son « père » que Valérie était sa « mère ».

Boris vint à sa rencontre.

– Bonsoir, Djanis, je suis Boris.

– Oui, je le sais évidemment, répondit-elle sèchement.

Sans s'arrêter au ton désagréable, il continua sans se troubler.

– Faisons vite, je ne tiens pas à ce qu'on traîne ici tous ensemble. Notre ex-collègue Chanda Winchester vous a prévenues que j'avais des informations de la plus haute importance à vous communiquer.

– De quoi s'agit-il ?

– Vous devez savoir qu'Andreï, après votre fuite, a dirigé la mise au point d'un système pour te détruire, Djanis. Un système de destruction ciblé qui anéantira toute ta volonté et lui permettra de te rapatrier pour exploiter les données que tu as recueillies depuis que tu es en France et que tu remplis ta mission d'artiste. Sache cependant qu'il a prévu ta destruction complète si ses hommes ne parviennent pas à t'injecter le programme de destruction.

— Comment compte-t-il s'y prendre ?

— Par l'injection d'un virus de type infecteur de fichier sur un support de nanoparticules intelligentes, n'importe où à travers ton enveloppe. Il migrera ensuite jusqu'aux fichiers cibles, qu'il modifiera, te rendant complètement inopérante. L'injection peut être faite à tout moment, par un homme croisé dans la rue, ou à distance avec un fusil à seringue hypodermique. Il avait un autre projet qui aurait consisté à t'infecter à distance à partir d'une connexion Internet, mais ça n'a pas marché, on a dû abandonner.

— Vous voulez dire que vous avez participé aux recherches sur un programme destiné à me détruire ?

— Évidemment ! Pourquoi crois-tu que ce protocole a échoué ? Et comment faire, sinon, pour rester informé et avoir une chance de contrer ses plans ? Justement, j'ai pu dupliquer le programme de destruction que nous avons finalement mis au point. Je l'ai ici sur clé. Je pense être en mesure, avec votre aide à toutes, de développer un programme pour détruire ce virus avant qu'il ne t'infecte. Et ce « programme-vaccin », on l'insèrera dans ta programmation pour te protéger.

Valérie était effondrée. Comment ses anciens collègues de travail avaient-ils pu ne pas voir, ne pas comprendre ? Boris affirma que jamais ils n'avaient soupçonné les intentions cachées d'Andreï et qu'au contraire, ils étaient persuadés d'agir pour le bien du progrès des hommes et pour la paix, tout en étant obligés de combattre leurs anciennes collègues devenues à leurs yeux des traîtresses, des espionnes ayant volé Djanis dans un but d'hégémonie personnelle, un comble !

– Tout ça ne m'explique pas pourquoi tu nous as laissé tomber, Helen et moi, quand il s'est agi de protéger Djanis et de nous enfuir, dit Valérie agressivement.

– C'était pour protéger votre fuite, empêcher votre localisation et surtout rester informé des développements ultérieurs décidés par Andreï. Je devais rester pour en savoir le plus possible afin de contrecarrer ses plans le moment venu, et, si possible, les saboter ou les retarder. Et pour ça, il fallait que j'aie l'air d'être contre vous, que personne ne me soupçonne. Mais l'objectif restait pour moi que Djanis accomplisse bien sa mission initiale, qui correspond, pour nous tous, à un idéal d'humanité. Enfin, je devais tout faire pour brouiller autant que possible les pistes afin qu'il ne parvienne pas à vous retrouver, du moins tant que Djanis ne serait pas devenue célèbre.

Les trois femmes digérèrent un instant l'information en silence.

– Qu'est-ce qui me fait croire que vous dites vrai et que ce n'est pas vous, justement, qui allez m'injecter ce virus sous prétexte de m'en protéger ?

– Rien, malheureusement, je ne peux que vous montrer les données que j'ai pu dupliquer et ce sera à vous de juger.

Très vite, Boris ajouta :

– D'ailleurs ce n'est pas tout, il y a encore autre chose que je dois vous apprendre, et c'est au moins aussi inquiétant. J'ai tout sur une clé que je vais vous donner mais, auparavant, je dois vous montrer tout ça sur mon portable, ici même, sans plus attendre. On risque gros en effet, le danger est tout proche et Djanis doit tout mémoriser sans perdre une seconde de plus.

— Je ne sais pas si… commença Djanis

— Si, tu as parfaitement cette capacité. Je vais faire défiler les fichiers très vite et tu vas tout mémoriser. Tu seras ta propre sauvegarde.

Boris ouvrit son PC et introduisit une petite clé sur le côté. À ce moment-là, Djanis, qui avait un système auditif bien plus fin que le leur, perçut des bruits furtifs de pas. Elle leur fit immédiatement signe de se taire. Aucun d'eux n'était entraîné au combat. Trop visibles et vulnérables au milieu de ce vieux bâtiment délabré et quasiment nu, ils se dispersèrent en silence et se cachèrent comme ils purent.

Risquant un œil derrière le pilier qui la protégeait partiellement, Djanis aperçut plusieurs silhouettes cagoulées, entièrement vêtues de noir et armées, qui se dispersaient dans les lieux à leur recherche. *Comment se fait-il qu'ils nous aient trouvés si vite ? Qui sont-ils ?*

Il y avait peu de doutes à avoir sur ce deuxième point. C'étaient les hommes envoyés par Andreï, ou plus probablement des agents du SVR, le service des renseignements extérieurs russes, mais agissant suivant les directives d'Andreï Kristianovitch, car il était probable que le président Poutine se fiait à lui et ignorait que celui-ci travaillait pour son propre compte.

L'immense hangar vide, délimité par un bardage en bois et des plaques de tôle ondulée, résonnait comme un tambour. Au moindre geste, leurs pas faisaient gicler l'eau de flaques qui parsemaient le sol et en amplifiaient le bruit.

Valérie et Djanis s'étaient terrées sous une ancienne chaîne de montage. Elles avaient perdu les autres de vue. Helen et Marion s'étaient échappées vers l'extérieur mais il y avait bien peu d'endroits où se cacher. Les agresseurs attaquèrent alors au fusil d'assaut, arrosant l'intérieur du hangar de centaines de balles.

Durant un temps qui leur parut ne jamais vouloir finir, ils jouèrent à cache-cache, un cache-cache mortel, jusqu'à ce que Djanis découvre un trou dans le bardage en bois du vieux bâtiment. Attrapant sa mère par la manche, elle la tira à sa suite et, en faisant le moins de bruit possible, elles se faufilèrent à l'extérieur, atterrissant sur l'arrière de l'ancienne usine, à deux pas d'une petite voie ferrée. Elles restèrent là un instant sans bouger, ne percevant plus aucun bruit en provenance de l'intérieur. Soudain, elles entendirent coup sur coup une série de « woufff » et sentirent presque aussitôt arriver une vague de chaleur en même temps que le ciel s'éclairait d'une puissante lumière orange.

Leurs adversaires s'étaient dispersés sur tout le pourtour des bâtiments de l'usine et les attaquaient au lance-flammes ! Sans demander leur reste, les deux femmes s'enfuirent en direction de la voie de chemin de fer, pliées en deux pour tenter de rester invisibles, protégées en partie par l'obscurité environnante malgré la violence de l'incendie qui éclairait le ciel de lueurs sinistres. Pendant que dans leur dos l'usine désaffectée brûlait, toute sa charpente en bois bien sec dévorée par les flammes, elles entendirent encore le staccato des armes automatiques et eurent une pensée pour Boris et leurs amies.

Valérie s'arrêta pile et se retourna, la bouche grande ouverte sur un cri silencieux, mais Djanis la tira sans ménagement et la contraignit à s'éloigner du brasier.

Toujours courbées en deux par réflexe de défense, elles atteignirent rapidement la route qui longeait la voie ferrée et se précipitèrent entre les immeubles d'habitation qui la bordaient. Elles coururent longtemps sans même jeter un regard en arrière, talonnées par la peur de recevoir une balle entre les épaules. Pour Djanis, à moins qu'une balle ne la touche à la tête, ça n'aurait pas été très grave, à peine un petit incident qui ne pourrait sans doute pas l'arrêter, mais il n'en allait pas de même pour Valérie, bien plus vulnérable.

Cette dernière n'en pouvait plus et elles durent ralentir et se mettre à marcher, perdues au milieu d'une zone d'habitation. Djanis utilisa ses capacités nouvelles pour chercher la connexion avec une intelligence artificielle et télécharger un GPS. À partir de là, elles trouvèrent rapidement un petit hôtel qui, malgré l'heure tardive – il était plus de 23 heures –, accepta de leur donner une chambre. Elles s'étaient éloignées d'à peine cinq kilomètres mais, pour le moment, l'important était que Valérie se repose. Celle-ci paya la chambre d'avance en espèces, se félicitant de sa manie d'avoir toujours sur elle assez d'argent liquide pour faire des courses ou prendre un taxi. Pour une fois, Djanis ne se moqua pas de ce qu'elle appelait ses habitudes de grand-mère.

Elles montèrent se reposer et Valérie s'écroula sur le lit sans même ouvrir les draps. Djanis veilla, assise dans l'unique fauteuil de la chambre. Au matin, elles descendirent à la salle de restaurant pour prendre un petit-déjeuner dont elles avaient bien besoin. L'hôtelière, en leur apportant le pot de café et la corbeille de croissants, leur demanda si elles avaient entendu les explosions la veille au soir. Elles répondirent non sans même avoir à se consulter mais interrogèrent la brave femme, qui ne se fit pas prier pour leur rapporter les infos du matin. Une vieille usine située pas loin d'ici avait pris feu dans la soirée. Elles se regardèrent et demandèrent s'il y avait eu des blessés.

– Non, heureusement, les rassura la brave femme. Il n'y avait personne quand les pompiers sont arrivés, mais plusieurs traces de voitures. Sans doute des jeunes. Ils ont dû organiser dans les bâtiments en bois une rave party qui a mal tourné.

Valérie et Djanis restaient inquiètes, ayant perdu tout contact avec les autres. Elles décidèrent de s'éloigner davantage. La gérante leur indiqua où trouver une voiture de location. N'étant pas très branchée musique, elle n'avait pas reconnu Djanis et c'était tant mieux.

Elles quittèrent le petit hôtel non sans avoir remercié leur hôtesse si avenante et se rendirent en premier à l'agence de location de voitures. Elles choisirent une Audi A4 allroad quattro dernière génération, une petite bombe qui pouvait atteindre les 250 kilomètres à l'heure. Encore une fois, c'est Valérie qui avait assuré, avec ses billets qui ne laissaient pas de traces.

Au moment où elles quittaient l'agence, elles aperçurent Helen et Marion qui marchaient le long de la rue, venant à leur rencontre, ou plutôt se dirigeant elles aussi vers le loueur de voitures. Freinant brusquement, elles jaillirent du véhicule et se précipitèrent vers elles. Toutes les quatre s'étreignirent, heureuses et soulagées.

— Vous n'avez rien ?

– Non, non, on s'en est bien tirées, mais on a vu le moment où on finissait rôties comme des poulets à la broche !

– Ces mecs sont cinglés ! C'est comme ça qu'ils veulent me ramener en Russie ? Sous forme de fromage fondu ?

Helen, Valérie et Marion regardèrent Djanis avec des yeux ronds.

– Faudra vous y faire, les filles, mon humour va se ressentir de ma condition de super robot !

– Djanis, s'il te plaît, ne parle pas de toi comme ça !

– Oh mais ça va ! Si vous tenez à me montrer que vous me considérez vraiment comme une humaine, alors il va falloir faire un petit effort et accepter mon humour. Si moi j'en plaisante, pourquoi pas vous ?

– C'est vrai, c'est toi qui as raison, dit Valérie en se détendant, au point même de sourire malgré la situation. Quoi qu'il en soit, c'est une bonne question. Boris a bien dit qu'ils voulaient à tout prix te rapatrier, alors c'est incompréhensible.

— Je pense au contraire qu'ils ont fait attention à ne pas blesser Djanis, intervint Marion. C'est certainement Boris qu'ils voulaient tuer pour l'empêcher de nous transmettre les informations qu'il détient ou qu'il détenait. Est-ce que l'une de vous l'a vu ?

Toutes secouèrent la tête.

— Quand Marion et moi nous sommes échappées, dit Helen, je crois qu'il était encore à l'intérieur du bâtiment. Si ça se trouve, il est mort à présent, et ses précieuses infos, parties en fumée avec lui.

— Quoi qu'il en soit, impossible de retourner sur nos pas, c'est trop risqué. Il nous faut partir.

Valérie ne parvenait pas à bouger.

— Valérie. Maman, dit doucement Djanis en lui entourant les épaules de son bras, viens, ça va aller, viens. Tu l'aimais toujours, n'est-ce pas ?

Valérie hocha la tête, incapable de prononcer un mot.

— On est repérées. Impossible de rentrer, ni à Paris, ni à Montpellier. Impossible même de récupérer nos voitures. Qu'allons-nous faire ?

La froide analyse d'Helen tomba dans le silence. Chacune se mit à réfléchir sérieusement à la question. Ce fut Djanis qui rompit le silence.

— Je pense qu'on peut retourner sans trop de risques à Montpellier. Tant qu'on a vécu là-bas, j'étais encore une illustre inconnue et rien n'était à mon nom ni aux vôtres, d'ailleurs, puisque vous avez de fausses identités.

— Tu oublies Marion.

— Ah oui, c'est vrai. Mais Marion a vécu avec toi, Helen, elle n'a pas pris d'appart' depuis qu'elle a rejoint notre équipe. Il n'y a rien à son nom, même si elle a semé sa carte bleue aux quatre coins de la ville.

— Aux quatre coins du pays, tu peux dire, rétorqua Marion, qui récupérait à son tour sa capacité à faire de l'humour. S'ils se basent sur les dépenses d'une fashion victim, ils vont sillonner la France et plus encore avant de mettre la main sur nous !

— Que diriez-vous si on retournait là où on a performé le concert ? proposa Djanis.

— Oui, ça me semble une bonne idée, allons-y.

Elles montèrent en voiture et prirent la direction du Sud-Est. Pendant le trajet, Marion passa un coup de fil à Alain Manguinian pour l'avertir et récupérer les clés. Pour couper court à ses questions, mais encore trop secouée pour être capable d'inventer une histoire crédible, elle se contenta de lui dire que Djanis avait besoin de s'isoler totalement et que c'était l'endroit idéal. Oui, bien sûr qu'elle allait rester avec elle. Oui, sa mère aussi, enfin, leurs deux mères.

Valérie profita des cinq cents kilomètres du voyage pour achever de raconter à Djanis l'histoire réelle, y compris son histoire d'amour avec Boris.

— Tu comprends, quand il a refusé de fuir avec nous, j'ai pensé qu'il était le complice d'Andreï et j'étais même persuadée qu'il allait nous trahir sitôt qu'on aurait le dos tourné. Je comprends aujourd'hui qu'il s'est sacrifié pour couvrir nos traces et contrecarrer autant que possible les plans d'Andreï. Et il l'a probablement payé de sa vie.

Valérie marqua une pause, trop émue pour continuer à parler.

– À l'époque, mon amour pour toi et la défection de Boris ont été les moteurs qui m'ont permis d'agir pour te protéger, toi et tout ce que tu représentes en termes d'espoir de paix pour l'humanité. Quant à Chanda, même si elle était de cœur avec nous, elle avait trop peur pour prendre de tels risques. Elle a préféré rester bien sagement à Akademgorodok, finir son contrat et rentrer au pays. Ce n'est pas vraiment une guerrière et, ma foi, ça peut se comprendre.

Désormais, Djanis savait que c'était Boris qui avait mis le mot dans sa loge et elle comprenait parfaitement le message : « Tu es le fruit de l'amour, de la science et du silence. » Simplement, Boris n'était plus là pour leur raconter comment il avait fait pour s'introduire dans les locaux si bien gardés du studio d'enregistrement…

Elles firent halte à Narbonne et Marion poursuivit seule la route. Il fallait passer récupérer les clés du domaine mais aussi les ordinateurs chez Valérie et chez Helen, qui habitaient par commodité le même immeuble, et c'était trop risqué de se rendre toutes à Montpellier. Pour Marion, c'était tout simple : elle commanda le travail à un déménageur, à qui elle promit un supplément conséquent s'il mettait le turbo et s'en occupait le jour même. Il résista longtemps, négocia beaucoup et finit par accepter pour le triple du prix de sa prestation normale, mais seulement pour le lendemain matin.

Marion était furieuse, mais elle accepta.

XIX

Restait à entrer dans l'appartement sans se faire repérer, mais la jeune femme avait son idée. À la nuit tombée, elle entra dans la ville et gara l'Audi à deux kilomètres de l'immeuble où elle habitait avec sa mère et Valérie. Elle régla l'alarme de son téléphone sur 4 heures puis, recroquevillée sur le siège arrière, elle attendit, en grelottant un peu. À 4 heures, l'alarme la tira de sa somnolence et elle quitta l'abri de sa voiture pour marcher jusqu'à son immeuble.

Elle obliqua vers le coin du bâtiment, où les containers d'ordures étaient regroupés en vue de leur collecte qui, dans ce quartier, avait lieu entre 4 et 5 heures du matin, au grand désespoir de sa mère, que « le camion des poubelles », comme elle l'appelait, réveillait presque chaque matin de la semaine.

Le gardien avait déjà commencé sa noria depuis le local technique, sortant un à un les containers. Profitant de ses allées et venues et d'un moment où il lui tournait le dos, elle se glissa prestement dans le local des poubelles et, de là, elle n'eut aucun mal à gagner le sous-sol, où dormaient sagement les voitures des occupants de l'immeuble. N'osant plus bouger, elle resta un long moment planquée derrière une voiture. Son cœur battait à tout rompre mais elle avait réussi.

Puis, prenant son courage à deux mains, elle se déplaça silencieusement en restant à l'abri des voitures jusqu'à la porte donnant sur la cage d'escalier et grimpa au cinquième étage, où se trouvait l'appartement de sa mère, qu'elle ouvrit avec un soupir de soulagement. Personne ne l'avait vue, elle en était certaine.

Courbatue et épuisée par sa courte nuit, elle se fit couler un voluptueux bain moussant pour se défatiguer et se glissa dans la baignoire avec un soupir de soulagement. Enfin détendue et reposée, elle enfila des vêtements propres et attendit les déménageurs, qui devaient s'annoncer à huit heures.

Ils arrivèrent avec deux heures de retard. Si Marion était à nouveau furieuse contre eux, elle reconnut que c'était finalement mieux : l'immeuble ayant eu le temps de se vider de tous ceux qui partaient travailler, les couloirs étaient déserts et l'ascenseur, libéré. Elle leur ouvrit la porte à l'aide du code enregistré sur son téléphone et leur donna l'étage.

Ils eurent tôt fait de charger tout le matériel informatique des deux appartements, celui de sa mère et celui d'Helen, ainsi que la garde-robe des trois femmes et leurs affaires de toilette. Puis Marion leur donna l'adresse de destination et referma à clé.

— Ça vous dérange de me déposer à ma voiture ? Je n'ai pas trouvé de place hier et je suis garée un peu loin.

— Pas de problème, ma petite dame, montez, on vous emmène !

Prenant bien garde de rester le moins de temps possible sur le trottoir, elle s'engouffra vivement dans la cabine du camion et resta courbée en deux durant toute la manœuvre de démarrage, faisant mine de chercher son téléphone dans son sac posé à ses pieds. Quelques minutes plus tard, ils la déposèrent devant sa voiture et ils se séparèrent sur un « À tout à l'heure ! ». Marion démarra en trombe pour les précéder. En chemin, elle appela sa mère et lui dit qu'elles devraient se débrouiller pour venir par leurs propres moyens « là où elle savait ».

Deux heures plus tard, les déménageurs payés en liquide et repartis, les quatre femmes achevèrent d'installer les postes de travail et rebranchèrent les ordinateurs. Leurs effets personnels attendraient un peu plus longtemps.

— Bon, commença Valérie, ta meilleure protection, je pense que c'est ta célébrité. Dès demain, on demande que l'agence de sécurité nous envoie trois gardes du corps. En plus de nous, ça devrait suffire à te protéger. Il faut qu'une fois sortie d'ici, personne ne puisse t'approcher.

Le brainstorming avait commencé. Il était temps de trouver des idées pour se défendre et, si possible, contrecarrer les plans ennemis.

Marion, encore elle, était ressortie pour acheter des provisions et elle était rentrée la voiture chargée d'assez de nourriture pour nourrir une colonie de vacances pendant un mois. Maintenant, installées dans la petite maison qui avait servi d'habitation à Djanis pendant la préparation du concert, elles grignotaient des sandwichs tout en mettant au point leur premier plan d'action.

– Oui, mais Boris a dit que le virus pouvait m'être administré à distance avec un fusil à seringue hypodermique.

– C'est vrai, mais on a ici tout ce qu'il faut pour te fabriquer un haut à manches longues et col montant dans un tissu plastifié. Il faudra faire des essais pour en trouver un bien résistant à la perforation mais je crois qu'on a ça dans les stocks.

– Et pour les jambes ? demanda Djanis.

– De loin, c'est plus facile de tirer dans le buste ou dans le cou. Et de près, tu seras entourée.

– OK. Pour la tête ?

– Une casquette épaisse devrait faire l'affaire et opposer une résistance suffisante.

– Bon, d'accord, ce point est réglé, conclut Djanis. Y'a plus qu'à. Voyons maintenant si nous pouvons mettre au point un « antivirus ».

Bien que la soirée soit déjà avancée, elles se mirent au travail sans perdre de temps. Connaissant les programmes-cibles du virus et sa nature d'infecteur de fichiers, elles commencèrent à émettre des hypothèses de travail.

– Helen, avant tout, il est vital que tu me restaures l'ensemble de mes souvenirs réels enregistrés durant ma phase de mise au point. Je n'ai pas de formation ni d'expérience dans vos domaines, mais je peux m'autoplugger toutes les informations nécessaires.

Helen s'attela à la tâche et, après quelques heures de travail, Djanis retrouva tous ses souvenirs d'Akademgorodok, toutes les phases de tests et d'apprentissage, ainsi que le visage, le nom et la spécialité de tous les chercheurs et techniciens l'ayant approchée.

Djanis modifia elle-même certaines lignes des nouveaux programmes. Elle pouvait désormais communiquer avec toute intelligence artificielle située dans un rayon de cent kilomètres, mais également transférer et télécharger toutes sortes d'informations qu'ils possédaient et qui pourraient lui être utiles, tout cela sans utiliser Internet, ce qui l'aurait rendue trop facilement repérable.

Mettant aussitôt en application ses nouvelles capacités, Djanis se téléchargea plusieurs programmes récupérés sur des IA environnantes, ce qui la rendit capable de modifier elle-même sa programmation et les algorithmes de son choix afin d'affiner des compétences ou d'en acquérir de nouvelles. Elle devint rapidement plus efficace à ce jeu que ses conceptrices, même si elle ne négligeait ni ne sous-estimait leurs savoirs et leurs capacités.

La seule qui ne pouvait participer à ce bouillonnement des cerveaux était Marion, qui prit donc en charge la fabrication du vêtement protecteur, le ravitaillement et la cuisine.

Elles restèrent cloîtrées plusieurs jours et travaillèrent d'arrache-pied. Mais à la fin, le résultat leur parut plutôt satisfaisant.

XX

Cannes, 7 juin 2022.

Le Midem, rendez-vous incontournable de la communauté internationale des professionnels de la musique, avait été digital en 2021, se tenant exclusivement en ligne sur la plateforme Midem Digital. Lancé en juin 2020 pour faire la nique au Covid-19, ce service comptait plus de douze mille membres actifs qui bénéficiaient tout au long de l'année d'informations exclusives, de rendez-vous de networking en continu et d'autres contenus inédits à la demande.

Le Midem physique faisait son grand retour à Cannes en ce mois de juin, avec des rencontres clés, des conférences et des personnalités inspirantes, des concerts mémorables sur la plage Midem, des découvertes d'artistes et de talents émergents de l'industrie. Marché international de l'écosystème musical, c'était toujours *LE* rendez-vous incontournable pour les professionnels du monde entier qui se réunissaient pour élargir leur réseau, s'inspirer, développer leur savoir-faire, découvrir et signer les talents de demain. Les dernières tendances de l'industrie, l'avant-garde des nouvelles technologies et les marques les plus engageantes se retrouvaient autour de conférences plénières, de panels, de sessions de networking ou lors d'évènements innovants.

Dans toute cette effervescence, le Midem accordait une place centrale au live avec deux scènes de concert installées sur la Midem Beach, la plage du Palais des Festivals. Djanis y avait fait une apparition scénique remarquée avec une de ses nouvelles chansons et une chorégraphie étourdissante. Sa prestation terminée, au bras de son producteur, elle jouait son rôle à la perfection, séduisant chacun par sa gentillesse et son rayonnement.

Alors qu'elle discutait avec le PDG d'un label américain qui envisageait de la diffuser aux États-Unis, elle aperçut un homme qui éveilla immédiatement son intérêt et déclencha un signal d'alarme interne. Au premier regard, elle ressentit une familiarité intense car il avait exactement les mêmes proportions qu'elle ! De type masculin, il buvait un verre en scannant l'assemblée d'un œil froid. Puis son regard rencontra le regard de Djanis. Immédiatement il se recula dans la foule dense qui entourait le bar et disparut à ses yeux.

Une IA. Mais pourquoi je n'arrive pas à me plugger ?

Djanis s'excusa gracieusement auprès de son interlocuteur et, aussi vite que ses talons stiletto le lui permettaient, elle fendit la foule dans la direction où il avait disparu. Elle l'aperçut loin devant, se dirigeant vers un escalier monumental qui montait à l'étage et elle s'élança à sa poursuite. À l'étage, il y avait deux couloirs partant sur sa droite et sa gauche. Elle le repéra courant dans celui de droite au moment où il tournait à l'angle. Elle lui cria « Attendez ! », mais sans le moindre résultat.

Retirant rapidement ses escarpins, elle se relança à sa poursuite. Elle l'avait presque rattrapé alors qu'il arrivait au bout du couloir qui se terminait par un mur aveugle. Il restait deux portes avant ça, une à sa droite et une à sa gauche, presque à portée de sa main.

— Arrête-toi, dit Djanis d'une voix de basse si puissante et si profonde qu'elle fit vibrer les murs.

L'homme s'arrêta face au mur du fond et se retourna. Djanis, avec un choc, s'aperçut qu'il avait aussi son visage, en version plus masculine. Il eut un sourire sardonique mais ne bougea pas. Elle se précipita, les bras écartés, pour l'empêcher de s'enfuir par l'une des portes latérales.

Mais au lieu de ça, toujours souriant et lui faisant face, il murmura, comme une promesse : « Bientôt. » Du bout des doigts, il lui envoya un baiser, recula dos au mur et... passa au travers. Djanis se rua en avant et heurta le mur de plein fouet.

Il avait disparu.

FIN